僕の大空
イヌワシになりたい

大空祥二

KAIZOSHA

僕の大空　イヌワシになりたい

目次

目次

本書は、実際にあった話に基づいたフィクションです。

プロローグ

なだらかな山裾《やますそ》を舐《な》めるように、勢いよく日本海から吹き上げられた海風《うみかぜ》が、頂《いただき》にかかる白い雲を一気《いっき》に飛ばしていく。

雲ひとつない青空に変わった。

ゆるやかな曲線を描き、日本海に裾野をのばす山、鳥海山《ちょうかいさん》。標高《ひょうこう》二二三六メートルの、その山は山形県と秋田県の県境《けんざかい》に聳《そび》え、日本《にほん》百名山《ひゃくめいざん》の一つに数えられている。

頬《ほお》を叩《たた》きつけるみぞれ混《ま》じりの雪に、男の顔は歪《ゆが》んでいた。みぞれの当たる痛みからまともに顔を上げていられず、凍《こお》りついた睫毛《まつげ》で視界《しかい》もさえぎられていた。深いガスも出てきている。ぐぉーと唸《うな》り声を上げた吹雪《ふぶき》が男に襲《おそ》いかかる。ピッケル

（先につるはしのような金具のついた登山道具）で足場《あしば》を作りながら雪面《せつめん》を這《は》うように、男はありったけの力で一歩を踏み出していく。

足取《あしど》りが鈍《にぶ》くなってきている。時折《ときおり》、立ち止まっては後ろを振り返る。男は後続《こうぞく》の二人に声を掛《か》ける。

「大丈夫《だいじょうぶ》か？」

「……」

連《つ》れの二人も、背中《せなか》を丸《まる》めながら、肩《かた》で息《いき》をしている。

氷のように硬《かた》く凍《こお》った状態（アイスバーン）になっている雪庇《せっぴ》（山の峰《みね》と峰を結《むす》ぶ稜線《りょうせん》に張り出した雪の庇《ひさし》）の雪面をピッケルでつき、歩きやすいように足場を作りながら登っていく。砕《くだ》かれた氷が乾《かわ》いた音を立てながら谷底に飲み込まれていく。

稜線上の左右両側は断崖《だんがい》だ。自然と目は血走《ちばし》り、神経《しんけい》は研《と》ぎ澄《す》まされていく。

四十メートルほどを一気に進んだ。

「疲れたぁ……、ちょっと休むとするか」

右手に握《にぎ》っていたピッケルを勢《いきお》いをつけて雪面に突《つ》き刺《さ》す。そのときだった。

一瞬《いっしゅん》、足元が地面を離れた。

プロローグ

重力《じゅうりょく》から解放《かいほう》され、宙《ちゅう》に浮《う》いたと思った次の瞬間《しゅんかん》、二七〇メートルの谷底《たにぞこ》目がけて、からだが雪面の氷片《ひょうへん》もろとも落ちていく。

気がつくと、八ミリのザイル（ロープ）が腹部《ふくぶ》に食い込み、男は宙吊《ちゅうづ》り状態になっていた。

千切《ちぎ》れんばかりの激痛《げきつう》が胃袋《いぶくろ》に走っている。

痛《いた》みに耐《た》えるのが精一杯《せいいっぱい》で、ただ振《ふ》り子《こ》のように左右の揺《ゆ》れに身《み》を任《まか》せているしかなかった。

谷底の岩に叩《たた》きつけられずにすんだ代償《だいしょう》は決して小さくはなかった。

腹部《ふくぶ》を襲《おそ》う痛みから逃《のが》れたい一心《いっしん》で、男は何度《なんど》となくズボンの右ポケットのジャックナイフを抜《ぬ》こうとしたかわからない。ナイフでザイルを断《た》ち切《き》り、二百数十メートル下の岩場《いわば》に全身《ぜんしん》を打ちつけてしまえば、この痛みから逃れることができるからだ。

そのときだった。なぜだかはわからないが、ふと一人娘《ひとりむすめ》のアキの顔が脳裏《のうり》に浮《う》かんだ。満一歳《まんいっさい》になるアキは、やっとよちよち歩きができるようになったばかりだった。

アキの顔をもう一度見てみたい、という激しい思いが込《こ》み上《あ》がってくる。

「このまま死んだら、もう二度と娘に会えない。そうなれば、娘はどうなってしまうのか？　死んだら駄目《だめ》だ！　生きなければ駄目だ！　生きて、もう一度アキに会いたい！」

男は心の中で叫《さけ》んでいた。

どうしても生きたいという激しい生への衝動《しょうどう》は、消えかけていた気持ちにいのちの火《ひ》の粉《こ》を飛ばしていた。首から提《さ》げている胸元《むなもと》のお守《まも》りを、男は片手でしっかりと握《にぎ》りしめていた。

第一章　ネフローゼとの闘《たたか》い

一九七三年十一月　滝の小屋にて

突然、無線機のノイズ音が、男を深い眠りから呼《よ》び覚《さ》ました。三〇代の頃、飽海《あくみ》、最上《もがみ》の群境《ぐんざかい》をたどる出羽丘陵縦走《でわきゅうりょうじゅうそう》で九死《きゅうし》に一生《いっしょう》を得《え》たときの夢を見ていたらしい。

男は日本山岳会山形支部《にほんさんがくかいやまがたしぶ》のリーダーとして十五名の会員とともに遭難救助《そうなんきゅうじょ》にあたっていた。山小屋で吹雪《ふぶき》のおさまるのを待っている会員たちの耳には、みぞれが窓ガラスを打ちつける音と、山小屋のきしむ音しか届いてこない。

十一月初旬《しょじゅん》、鳥海山《ちょうかいさん》の六合目〝滝の小屋〟周辺では猛吹雪《もうふぶき》に見舞《みま》われていた。これが同じ山の光景《こうけい》かと思えるほど、冬山はその表情《ひょうじょう》を一変《いっぺん》させる。いのちあるものに非情《ひじょう》なまでの刃《やいば》を向《む》けてくる。

「えーっ、こちら、県警《けんけい》です。日本山岳会員の武田正一《たけだしょういち》さん、応答《おうとう》願います」

「はい！　こちら武田です！　どうぞ…」

「えーっ、今、奥《おく》さんから電話がありまして…息子《むすこ》さんの容態《ようだい》が急変《きゅうへん》したとの連絡が入りました。至急、下山《げざん》して国立新潟病院《こくりつにいがたびょういん》に向かってください。どうぞ…」

「えっ、あっ、こちら武田です！」

「タケさん、ケンくんの体調がよくないらしい。すぐに下山して新潟の病院に向かってください」

正一は、眠りから目覚《めざ》めたばかりで、一瞬何を言われているのか分《わ》からなかったが、二度目に言われて、ようやく理解した。

「あっ…、了解《りょうかい》しました！」

取《と》り乱《みだ》していることを周《まわ》りに覚《さと》られないように必死に落ち着き払った声で、正一はわざとゆっくり応答した。

リーダーをサブリーダーの柏木亮《かしわぎあきら》に代《か》わってもらい、すぐに下山することにした。

一九六五年十一月、正一の一人息子《ひとりむすこ》であるケンは、山形県庄内町《やまがたけんしょうないちょう》で産声《うぶごえ》をあげた。

その頃、父親の正一は三十八歳《さい》、母親の綾子《あやこ》三十歳、長女のアキ二歳であった。念願《ねんがん》の男の子が産《う》まれた喜《よろこ》びと健《すこ》やかに育ってほしいという願いを込め、正一は〝健《けん》〟と名づけた。

生後《せいご》、三千五百グラムもあった、ケンのからだは、多くの病気を抱《かか》えるようになっていった。約半年後に発症《はっしょう》した湿疹《しっしん》に始まり、発熱《はつねつ》、中耳炎《ちゅうじえん》、下痢《げり》、仮性《かせい》コレラ、温熱性《おんねつせい》ジンマシン、水疱瘡《みずぼうそう》、自家中毒《じかちゅうどく》、おたふく風邪《かぜ》、結膜炎《けつまくえん》、風疹《ふうしん》、嘔吐《おうと》、くる病《びょう》、股関節発育不全《こかんせつはついくふぜん》、肺炎《はいえん》、消化不良《しょうかふりょう》。三歳までの間に二十回以上も病院の世話になっていた。

地学《ちがく》を教える高校教師でもある正一は、長期休暇をとって、海外遠征登山《かいがいえんせいとざん》に挑戦《ちょうせん》するほどの登山家《とざんか》でもあった。

一方、酒田市内の病院で看護師長《かんごしちょう》を務《つと》める妻《つま》の綾子は、夜勤《やきん》で家を空《あ》けることも多く、祖母《そぼ》のトキが綾子に代わってケンとアキの面倒《めんどう》を見てくれていた。

一九七二年四月、ケンは生まれて初《はじ》めて地元《じもと》の小学校の入学式に母親におんぶされて登校《とうこう》した。が、その後二回登校したものの、再び体調を崩《くず》し、三日間だけの登校に終わった。入学後、小学校に登校した日数は、片手《かたて》の指《ゆび》で数えるほどしかない。クラスにどんな生徒がいて、担任《たんにん》はどんな先生なのか、ケンはまったく知ることはなかった。

その後、再入院。三ヶ月間の病院生活だった。

庄内町から国立新潟病院まで、車で三時間四〇分。大学病院に到着したのが夕暮《ゆうぐ》れ時《どき》ということもあり、一階の外来受付前《がいらいうけつけまえ》のフロアにはほとんど人影《ひとかげ》が見られなかった。

点滴《てんてき》スタンドを押《お》しながら歩いているパジャマ姿の老人。家族なのだろうか。どことなく神妙《しんみょう》な面持《おもも》ちで話し合っている大人たち。先ほどのパジャマ姿の老人が、受付前の長椅子《ながいす》にゆっくりと腰掛《こしか》けている。扉《とびら》が閉《し》まろうとしていたエレベーターに、正一がすかさず乗り込んだ。ナースステーションで看護師《かんごし》にケンの病室を訊《たず》ねてから、そのまま病室に直行《ちょっこう》した。

カッ、カッ、カッ。白いリノリウムを敷《し》き詰《つ》めた廊下《ろうか》に静寂《せいじゃく》を引《ひ》き裂《さ》く登山靴の靴音だけが響《ひび》いていた。看護師に教えてもらった病室に向かう途中、廊下のパイプ椅子に座っているアキを見つけた。

「アキ！」

「お父《とう》ちゃん！　ケンちゃん、ここだよ…」

爪《つめ》を噛《か》みながら、アキは正一の両足にしがみついてきた。アキの頭を撫《な》でながら、正一はそっと病室に入っていく。

病室の中は六人部屋になっていて、入ってすぐの右側に、ぐっすり眠っているケンの姿があった。その傍《かたわ》らに綾子と祖母のトキが付《つ》き添《そ》っていた。

「あなた、ちょっと…」

綾子は正一を病室の外に連《つ》れ出《だ》した。

「容態《ようだい》が急変したんだって？　どこが悪いんだ？」

病室を出るなり、正一は廊下に響くような声で綾子に訊ねた。

「どうも頭らしいの。詳《くわ》しいことは精密検査《せいみつけんさ》してみないとわからないって…。これから西《にし》先生の話があるのよ。あなたも一緒《いっしょ》に聞いてくれる？」

「頭って…今までそんなこと聞いてなかったじゃないか！」

正一は、ケンにどうしてあげることもできない苛立《いらだ》ちから、登山帽を固《かた》く握《にぎ》りしめた。

そこに看護師が入ってきた。詰所《つめしょ》で主治医《しゅじい》の西が待っているという。アキにおばあちゃんと一緒に病室にいるように伝えると、正一と綾子は看護師と一緒に詰所に向かった。

西が白色光《はくしょくこう》のシャーカッセンに貼《は》りついているレントゲン写真を見ているところに、看護師に案内された正一と綾子が入ってきた。二人がパイプ椅子に座るのを待ってから、西がこう切り出してきた。

「残念なことなのですが…、ケンくんの脳《のう》に腫瘍《しゅよう》があることがわかりました。ここになります」

ペン先《さき》で指《さ》したところには、卵ほどの瘤《こぶ》が白く映《うつ》し出されていた。

「進行の速い悪性脳腫瘍《あくせいのうしゅよう》ではないかと考えられます。脳外科《のうげか》の方で脳血管撮影《のうけっかんさつえい》をしてみないとはっきりとしたことは申し上げられませんが…。もし脳腫瘍ということになりますと…、はっきり申し上げますが、このままだと…どうにかもって二週間です。手術をすれば命はとりとめることができます。ただ、脳中心部から左側の奥《おく》まったところにありますので、難《むずか》しい手術になるでしょう…。かりに成功したとしても最悪、植物状態《しょくぶつじょうたい》か、よくても何《なん》らかの後遺症《こういしょう》は避《さ》けられないでしょう」

正一たちの反応《はんのう》をうかがいながら、西は感情を交《まじ》えずに淡々《たんたん》と説明していた。

最初、正一は西が何を言っているのか、話している意味がよく理解できないでいた。

「急《きゅう》を要《よう》しますので、一週間以内に、検査結果後、翌日の午前中までに手術についてのご決断《けつだん》をなさってください。この誓約書《せいやくしょ》をよくお読みになられて、検査終了後に提出《ていしゅつ》してください」

ファイルの中から一枚の誓約書を取り出し、サインする箇所《かしょ》を鉛筆で丸く記《しる》してくれた。

隣《となり》に座っている綾子のすすり泣く声で、正一は我《われ》に返《かえ》った。正一の頭の中はかき乱されていた。西の伝えていることが、どうしても信じることができなかったからだ。

正一のからだは紙粘土《かみねんど》で形作られた塑像《そぞう》のように固《かた》まってしまい、すぐにはからだが反応できないでいた。

突然、床《ゆか》が抜け落ち、座《すわ》っている椅子ごと地中深くに沈んでいくような感覚だった。

「なぜだ！　なにがまずかったんだ！　今までの治療はなんだったんだ！　ネフローゼ（腎臓病《じんぞうびょう》）ではなかったのか？　なぜ急に腫瘍ができたのか！　これまでの病歴《びょうれき》から考えて、こういう状態になってしまうことはわからなかったのか？」

よくあることのように淡々と落《お》ち着《つ》き払《はら》って、口にしている西に、正一は激《はげ》しい苛立《いらだ》ちを感じていた。

「今まで…、ど、どんな治療《ちりょう》をしてきたんだ！　えっ？　こういうことになるとはわからなかったのか！　どうなんだ！」

抑《おさ》えきれない思いが、激しい怒《いか》りとなって、口をついて出ていた。

「ケン坊《ぼう》はな、ネフローゼの治療でこの病院にずっと通院してたんだ！　脳に腫瘍ができましたぁ？　今までどんな治療をしてきたのかと訊《き》いているんだ！」

西の目を睨《にら》みながら正一は立ち上がり、詰《つ》め寄《よ》ると、固く握られていた拳《こぶし》がかすかに震《ふる》えていた。

日頃、生徒や子どもにめったなことで怒鳴《どな》らない正一が、ここまで取り乱しているのを見るのは綾子にとって初めてのことだった。

西は正一と目を合わさず、カルテに目を落としながら、淡々と同じ説明を繰《く》り返《かえ》した。

「ご心配するお気持ちはお察《さっ》しできますが、まだ、はっきり悪性《あくせい》だと判断されたわけではありませんから…」

「どうか、ケンを助けてください！　よろしくお願いします！」

綾子が西と正一の間に分《わ》け入《い》り、握《にぎ》りしめていたハンカチで口元《くちもと》を押さえながら深々《ふかぶか》と頭を下げていた。

「なぜだ？　なぜなんだ？」

どこを通って病院を出たのかさえ憶《おぼ》えていないほど正一の頭が混乱していた。

どうしてうちの子だけが、これほどまでに苦しまなければならないのか？

正一は、どうしても納得《なっとく》がいかなかった。この理不尽《りふじん》さを誰かに説明してもらいたかった。

次の日、脳外科で二度目の脳血管撮影があった。検査の結果、脳腫瘍にほぼ間違いないという診断《しんだん》が下《くだ》された。

頭の手術をするために、小児科《しょうにか》から脳外科《のうげか》に移されることをケンに伝えると、

「……僕、もうここに戻ってこられないんだね…」と、ただ囁《ささや》くばかりだった。あきらめているのか？　それとも反応《はんのう》する気力すらなくなっているのか？　ケンの心《しん》中《ちゅう》を推《お》し量《はか》ることができず、正一はケンがただ不憫《ふびん》に思えてならなかった。

国立新潟病院から庄内町《しょうないちょう》への帰り道、正一は運転する車中《しゃちゅう》にいた。車は日本海《にほんかい》に面した海岸沿いの国道を猛《もう》スピードで飛《と》ばしていた。スピードメーターの針はレッドゾーンに達し、フロントガラスに映《うつ》る視界《しかい》が狭《せま》くなっていく。水平線上《すいへいせんじょう》にぽっかりと浮かんでいたオレンジ色の夕日《ゆうひ》もあっという間《ま》に沈《しず》んでいく。

しばらくすると、月明《つきあ》かりできらめく日本海の小波《さざなみ》がこちらに迫《せま》ってくるように車窓《しゃそう》に映《うつ》っていた。

国道を照らし出す街灯《がいとう》が、ものすごい速《はや》さで視界に飛び込んできては、車体《しゃたい》を舐《な》めながら一気《いっき》に後方へと消えていく。

正一は、西から告《つ》げられた言葉を反芻《はんすう》していた。

「武田さん、残念なのですが、脳血管撮影をした結果から考えますと悪性脳腫瘍《あくせいのうしゅよう》であることはほぼ間違いないものと思われます。このままではもって二週間です。手術が成功しても最悪《さいあく》は半身不随《はんしんふずい》か、よくても何らかの後遺症《こういしょう》は避《さ》けられないでしょう」

すでに頭の中は傷《きず》ついたCDのように何度も同じフレーズを繰《く》り返《かえ》すばかりだった。

「どうしてこんなことに…、父《とお》ちゃんが山ばかり行って、傍《そば》にいてあげなかったからなのか！　ケン坊《ぼう》、もしそうなら父ちゃんを許してくれ！」

鼻の周《まわ》りにつーんとした痺《しび》れがあった。熱《あつ》さを伴《ともな》った痛みのあとから、とめどもなく涙が溢《あふ》れ出《で》てきた。

一週間後の午前八時三〇分、手術室に入室《にゅうしつ》する前のケンは、泣《な》き言《ごと》一つ口にしなかった。

「ケン、がんばるんだぞ！」

正一は、顔をのぞき込むようにしてケンを励《はげ》ますしかなかった。

「麻酔《ますい》をかけるから全然、痛くないって…あっと言《い》う間《ま》に終わるんだって…、ほんの少しの辛抱《しんぼう》だからね、ケンちゃん」

今にも泣《な》き崩《くず》れそうな綾子の声が裏返《うらがえ》っていた。

「強いからね、ケンちゃんは…。大丈夫《だいじょうぶ》、大丈夫…」

トキお婆《ばあ》ちゃんは、すでにハンカチで目頭《めがしら》を押《お》さえている。

かたく目を瞑《つむ》り、ケンは眉間《みけん》に皺《しわ》を寄《よ》せながら口を真一文字《まいちもんじ》に閉《と》じている。

ケンは、我慢《がまん》するときの表情《ひょうじょう》を見せていた。正一にはその表情が却《かえ》って痛々《いたいた》しく、こみ上げてくる思いをこらえるのがやっとだった。

ついに手術室のスチール製《せい》の扉《とびら》がゆっくりと開かれた。ケンを乗《の》せたストレッチャーが吸《す》い込《こ》まれるように手術室の奥へと消えていく。

冷《つめ》たい音を立てながら扉が閉《し》められた。その瞬間《しゅんかん》、それまで堪《こら》えていた感情の防《ぼう》波堤《はてい》が一気に決壊《けっかい》し、突《つ》き上《あ》がってくる思いとなって、溢《あふ》れ出ていた。

「傍《かたわ》らにアキ、綾子、おばあちゃんもいるんだぞ！　しっかりしろ！　一家の大黒《だいこく》柱《ばしら》がこんなことでどうするんだ！」

自分に言い聞かせてみるが、一度決壊した感情をどうすることもできなかった。

泣き崩れてしまいそうな思いを誤魔化《ごまか》すかのように、正一はもっていたハンカチで待合室の窓ガラスをただ意味もなく拭《ふ》き始めていた。

荒《あ》れ狂《くる》う感情のあばれ馬を乗りこなすだけの強さが足りなかったのかもしれない。

ただ、からだを動かさないでいると不安《ふあん》と悲《かな》しみに押しつぶされそうだった。

ふと窓の外を見ると、日の射《さ》し込《こ》む窓ガラスからアカマツの枝にホトトギスがとまっているのが目にとまった。

ホトトギスは枝から枝へと飛び移り、時折《ときおり》、神経質《しんけいしつ》そうに辺《あた》りの様子を窺《うかが》っている。空腹で何か食べ物を探《さが》しているのだろうか。

それとも、群れからはぐれた淋《さび》しさに堪《た》えかねて、他の仲間を捜《さが》しているのだろうか。

キョッ、キョッ、キョッ、キョッ
ホトトギスのさえずりは、他の仲間の鳥たちを呼んでいる、もの淋しい悲痛《ひつう》な叫《さけ》び声のように、正一には聞こえてならなかった。

「もっと、一緒にいてあげればよかった…。もっと一緒に…」

後悔《こうかい》の思いが、正一の胸を突《つ》き刺《さ》してくる。

「もしケンに万一《まんいち》のことがあったら…私はこれから何を生きがいにして、生きていけばいいんだ！」

まともに息もつけないくらい、悔《くや》しい思いに羽交《はが》い締《じ》めにされていた。顎《あご》を伝わって窓枠《まどわく》に滴《したた》り落《お》ちる涙《なみだ》をハンカチでそっと拭《ふ》き取《と》ると、その濡《ぬ》れたハンカチで窓ガラスを磨《みが》いていた。

見る見るうちに窓ガラスが虹色《にじいろ》に輝《かがや》いていく。何度も何度も頬《ほお》に滴る涙を拭《ぬぐ》っては窓ガラスを磨きつづけた。

「万が一のことがあったら、私はどうすればいい… もしそうなったら… そうなったら…、そうだ！ そうなったら、仏像《ぶつぞう》を彫《ほ》ろうか。仏像を彫って、ケンの霊《れい》を慰《なぐさ》めよう。そのくらいしか、今の自分にできることはないんじゃないか！ じゃ、どんな仏像を彫ったらいい？」

救われないほどの深い哀《かな》しみに押しつぶされまいと、正一は薄日《うすび》の射し込む窓ガラスをひたすら拭きつづけた。

すると、ある情景が脳裏《のうり》に甦《よみがえ》ってきた。

山形県庄内町出身《しゅっしん》であった正一の父親《ちちおや》は、旧制高校卒業後、中国にあった南満州《みなみまんしゅう》鉄道株式会社《てつどうかぶしきかいしゃ》（以下、満鉄《まんてつ》）の撫順炭鉱《ぶじゅんたんこう》で働《はたら》いていた。そこで正一の母親《ははおや》と知り合い、結婚《けっこん》。その後、正一と六人の兄弟姉妹《きょうだいしまい》は中国《ちゅうごく》の撫順市で生まれた。戦前、満鉄に勤《つと》める日本人社員《しゃいん》の月給《げっきゅう》は百二十円ほど。それと比べれば中国人労働者《ちゅうごくじんろうどうしゃ》は、日本人社員の三十分の一の賃金《ちんぎん》で働かされていたと言われている。

第二次世界大戦前に起こった満州事変《まんしゅうじへん》の翌年、正一はあの大虐殺《だいぎゃくさつ》、平頂山事件《へいちょうざんじけん》を目の前で目撃《もくげき》していた。正一が五歳のときの出来事《できごと》だった。

満州国の建国《けんこく》に納得《なっとく》のいかない抗日軍《こうにちぐん》が、日本人の管理《かんり》する撫順炭鉱を襲撃《しゅうげき》したのだ。

一方、日本軍は、その報復《ほうふく》として「炭鉱労働者が襲撃に関与《かんよ》した」という理由《りゆう》で、平頂山部落民《ぶらくみん》三千人を窪地《くぼち》に集め、機関銃《きかんじゅう》で殺害《さつがい》を謀《はか》った。事件当日の夜、中国人の報復を怖《おそ》れた正一たち家族は、市中心部の知人宅《ちじんたく》に命《いのち》からがら避難《ひなん》した。

当時、正一の父親はいつもこうこぼしていた。

「同じ人間なのに、なして殺《ころ》し合《あ》わねばならねんだ？」

戦争《せんそう》の抱《かか》える矛盾《むじゅん》と向き合い、その結果、軍部《ぐんぶ》によって、家族《かぞく》と離散《りさん》させられた父親の後ろ姿《うしろすがた》を正一は今でも忘《わす》れていなかった。

ある日、正一は父親に内緒《ないしょ》で軍人《ぐんじん》になろうとして陸軍士官学校《りくぐんしかんがっこう》を受験《じゅけん》しようとしていた。それを知った父は、正一の目の前でこう言って受験票《じゅけんひょう》を破《やぶ》り捨《す》てた。

「今、一人でも多く人を殺した人間が褒《ほ》め称《たた》えられでるべ。ほれが戦争だっ。お前は人殺《ひとごろ》しだけはすんな！　人を殺《ころ》すっつーごとは自分も死を覚悟《かくご》するてぇーごとだっ。いいが、正一、生ぎろ！　いいが、生ぎで、生ぎで、生ぎ抜いで、母さんと妹、弟を助けでやらないかんぞ！」

そのとき、正一は父からクルミの実《み》を手渡《てわた》された。

「鳥海山《ちょうかいさん》でとれたクルミのお守《まも》りだっ！　じっちゃんがら譲《ゆず》り受《う》げだもんだぁ…、もってげ！」

焦《こ》げ茶色《ちゃいろ》の光沢《こうたく》を放《はな》っているクルミの実だった。これが、父と交《か》わした最後の言葉だった。

平和主義者《へいわしゅぎしゃ》であった父は、軍部に楯突《たてつ》く裏切《うらぎ》り者として山西省《さんせいしょう》の山奥にある大同炭鉱《だいどうたんこう》に飛《と》ばされ、家族たちと離《はな》れ離《ばな》れに暮らすことを余儀《よぎ》なくされた。その後、父親は四十七歳の若さで病死《びょうし》。父の死は後々《のちのち》に家族に知らされることとなった。

正一の記憶《きおく》には、三千もの生命《せいめい》が一瞬《いっしゅん》に奪《うば》われていく、あの惨劇《さんげき》が鮮明《せんめい》な映像《えいぞう》となって、今でも脳裏《のうり》に焼《や》きついていた。

人一倍《ひといちばい》〝いのち〟の尊《とうと》さを思い、理不尽《りふじん》な権力《けんりょく》に屈《くつ》しない正一の姿勢《しせい》は、あの幼い頃の父の言葉《ことば》が心の奥底《おくそこ》に深く刻《きざ》まれているのかもしれない。

窓ガラスから射し込む光が、リノリウムの床を照らし、白く輝いていた。すでに手術開始を知らせる赤いライトが灯《とも》ってから、すでに三時間半が経《た》とうとしていた。

「武田さん」

正一は突然《とつぜん》、看護師に背後《はいご》から声をかけられた。

「執刀医《しっとうい》の岡田先生《おかだせんせい》がお呼《よ》びですので、こちらにお越《こ》しください」

正一は看護師の後ろを歩きながら、さまざまな思いが頭を掠《かす》めていく。

手術は終わったのだろうか。もし終わったのなら、あまりにも早くないだろうか。もしかしたら…悪性腫瘍《あくせいしゅよう》の進行《しんこう》が余《あま》りにも早かったために手《て》の施《ほどこ》しようがなく、手術を中断《ちゅうだん》したのではないか？　この場で訊《き》きたいことは山ほどあった。が、どうしてもその一言《ひとこと》が口をついて出てこなかった。

看護師から勧《すす》められたパイプ椅子《いす》に腰掛《こしか》けると、すぐに手術を終えたばかりの岡田が颯爽《さっそう》と現われた。

「武田さん、お待たせしました」

岡田は何かをやり遂《と》げたような晴《は》れ晴《ば》れとした表情をしている。

正一が真意《しんい》を掴《つか》みかねていると岡田はこう切り出した。

「武田さん、ケンくん、腫瘍じゃなかったんです。もう大丈夫です！　水を一杯《いっぱい》に吸《す》い込《こ》んだ卵大《たまごだい》ほどの膜《まく》の袋《ふくろ》が、浸透圧《しんとうあつ》の関係で神経《しんけい》を圧迫《あっぱく》してまして、腫瘍のように写《うつ》っていたんです。おそらく新薬《しんやく》の副作用《ふくさよう》だったのかも知れません。とにかく、命に別状《べつじょう》はありませんし、後遺症《こういしょう》も残るようなことはありません。とにかく良かったですね」

岡田は満面《まんめん》の笑《え》みで話してくれた。

「はぁ…、そうだったんですか…」

正一は、突然、言われたことに、よく意味が飲《の》み込《こ》めないまま、ただ頷《うなず》くしかなかった。数日前に主治医《しゅじい》から告《つ》げられたことは、一体何だったのか？　正一は釈然《しゃくぜん》としない思いが残りながらも、半身不随《はんしんふずい》や後遺症の残らなかったことはモヤモヤした気持ちを吹《ふ》き飛《と》ばしていた。

三時間半近くピンと張っていた気持ちの弦《げん》が一気に緩《ゆる》められたように、心の重い錨《いかり》がゆっくりと引き上げられていくのが自分でもわかった。目を閉じると安堵《あんど》からうれしさがこみあがり、正一の目から涙《なみだ》が溢《あふ》れ出《で》てきていた。

その後もケンは入退院を繰《く》り返《かえ》していった。ほとんど自宅と病院の往復《おうふく》ぐらいしか出歩いたことのなかったケンを、正一は主治医に内緒《ないしょ》で鳥海山に連《つ》れて出掛《でか》けた。

七月に入ったばかりのある日、朝方にぱらついていた小雨《こさめ》もやみ、流れる雲の切れ目から、時折《ときおり》、青空が見《み》え隠《かく》れしていた。

正一は、五合目《ごごうめ》にある鉾立登山口《ほこだてとざんぐち》にザックを下《お》ろした。中からカップ酒を取り出すとアルミのフタを一気に外《はず》しにかかった。勢《いきお》い余《あま》って透明《とうめい》な液体《えきたい》がカップからこぼれ落ちる。握《にぎ》っていた掌《て》の甲《こう》に飛び散った液体を舌《した》で舐《な》めると、日本酒《にほんしゅ》独特《どくとく》の苦《にが》みがほんのり口の中で広がった。

ゆっくりとカップ酒を傾《かたむ》け、絹糸《きぬいと》を垂《た》らすように液体をそっと下草《したくさ》の上にこぼしていく。

やさしく大地《だいち》に含《ふく》ませるように、願い事でも呟《つぶや》くような厳《おごそ》かな気持ちで滴《したた》らせていく。

空《から》になったカップをザックにしまい、登山口から山頂《さんちょう》に向かってのびている山道《やまみち》に立ちすくんだ。直立不動《ちょくりつふどう》のまま掌《て》を合わせ、祈《いの》りを捧《ささ》げた。

正一の幼い頃、酒《さけ》に酔《よ》って、よい機嫌《きげん》になった父親が、ふるさとの庄内町を懐《なつ》かしがって、いつも話して聞かせてくれた言葉を思い出していた。

「鳥海山さ、山の神様《かみさま》ばいだんだど。山の神様ば怒《おこ》らせっどよ、おっがねごとが起《お》ごるんだど」

「どうして？　どうして怒るの？」

「約束《やくそく》ば守《まも》らねがらよ」

「約束って…？」

「ほだな…、まんず山ば汚《よご》さねえごどだべ…。そんでしょ、無闇《むやみ》やだらに生《い》ぎ物《もの》ば殺《ころ》さねえごとだべ。んだども、もす仕方《しかた》ねぐ殺すてすまったら…、自分の一番でぇじな物ば捧げるんだべなぁ…。ちゃんど約束ば守ってだら、山の神様が守ってける。願いば叶《かな》えでくれるったな」


日本海から日射《ひざ》しが迫《せま》ってきていた。

「じゃ、ケン、行こか。賽ノ河原《さいのかわら》まで休憩《きゅうけい》なしでいくぞ！」

ひとり言《ごと》のようにケンに語《かた》りかけ、すっと立ち上がった。

背負子《しょいこ》に乗るケンの重《おも》さが愛《いと》おしい。

「ピーッ、ピーッ、ピーッ」

答《こた》えてくれているかのように、ケンが熊《くま》よけの笛《ふえ》を吹《ふ》いている。

立ち止まり、頰《ほお》に滴《したた》り落《お》ちる汗をタオルでぬぐう。山頂《さんちょう》から吹《ふ》き下《お》ろされる山風《やまかぜ》がシャツを撫《な》でていく。素肌《すはだ》に張《は》りつくシャツが気持ちいい。

ひとつ深い息《いき》をつき、後ろを振《ふ》り返《かえ》る。眼下《がんか》に見えるのは日の光を受け、白く輝《かがや》く雲《くも》の海《うみ》。雲の裂《さ》け目《め》から庄内平野《しょうないへいや》を見下《みお》ろすことができる。

クマザサに囲《かこ》まれている石畳《いしだたみ》の道を一歩一歩《いっぽいっぽ》踏《ふ》みしめていく。

からだに響《ひび》いてくるのは、岩が登山靴《とざんぐつ》を削《けず》る音と息を切らす喉笛《のどぶえ》の音。山肌《やまはだ》を吹き上げる谷風《たにかぜ》が、ブナの森へと運んでいく。

ただただ登りつづける。

先のことは考えず、ひたすら一歩を踏み出すことだけに集中していく。足裏《あしうら》で大《だい》地《ち》をとらえることだけに気持ちを向けてゆく。

第二章　フグと呼ばれて

一九七四年七月　市立《いちりつ》酒田病院《さかたびょういん》にて

小学二年、その年の夏から小学三年の夏にかけての一年間は、ネフローゼが悪化《あっか》し、酒田《さかた》市内の病院に入退院《にゅうたいいん》を繰り返していた。

ネフローゼは、腎臓《じんぞう》の病気。体内のタンパク質がなくなってしまう難病《なんびょう》だ。その頃、ケンのからだは、常時《じょうじ》、服用《ふくよう》していた薬の副作用《ふくさよう》により、顔《かお》、胸《むね》、手足《てあし》がぶくぶくと風船《ふうせん》のように腫《は》れ、お腹《なか》がぽっこりと出たアンコ型の相撲取《すもうと》りのような体形になっていた。

入院前の体重が十三・五キロから二十八・五キロに。九ヶ月間で十五キロ増《ふ》えていた。

病院の中庭に植えられた、ケヤキの葉が緑に色づき、小学三年の一学期も終わろうとしていた。この頃、病状《びょうじょう》の悪化《あっか》が原因で、ケンは市立酒田病院に再入院を余儀《よぎ》なくされていた。

病院内には、さまざまな病気を抱《かか》えた子どもたちが入院し、東棟《ひがしとう》一階の病室では診察《しんさつ》、治療《ちりょう》、学習《がくしゅう》の指導《しどう》をしてもらえる、院内学級《いんないがっきゅう》が行われていた。

ケンも院内学級にいる子どもたちの一人だった。

鬱陶《うっとう》しかった長梅雨《ながつゆ》も終わり、雲一つない心地《ここち》よい朝を迎《むか》えていた。徐々《じょじょ》に日が昇《のぼ》り始まると、空にはいつ降《ふ》り始めてもおかしくないような暗灰色《あんかいしょく》の雲がたなびき始めていた。

ケンは朝からすこぶる体調《たいちょう》がよかったので、昼休みから院内学級の子どもたちと一緒《いっしょ》に遊ぼうと決めていた。

病室では給食《きゅうしょく》も終わり、当番《とうばん》の看護師《かんごし》さんが子どもたちの食器《しょっき》を片付《かたづ》けているところだった。

「ドロケイやるやつ、中庭《なかにわ》な！」

学級内で一番体格《たいかく》のいい、四年生のカトちゃんが、突然《とつぜん》、大きな声《こえ》を張《は》り上げた。すると、その声を合図《あいず》にみんなが病室を飛び出していく。ケンもみんなのあとを追《お》いかけるように、中庭に向かった。

カトちゃんのかけ声を合図にみんなが病院の中庭に集《あつ》まり、グー・パー・ジャンケンが一斉《いっせい》に始まった。

「場所《ばしょ》は？　どこからどこまで？」

三年生のオガちゃんが、カトちゃんに訊《たず》ねる。

「病院《びょういん》の敷地内《しきちない》に決まっててんじゃんか！」

カトちゃんが速攻《そっこう》で答える。

「グー・パー・ジャンケンで二つのチームに分《わ》かれようぜ！」

「最初《さいしょ》はグーなぁ！　最初はグー、じゃんけんこんがらがったじゃすとんピーナッツカレーライス！　アイコでしょ。アイコでしょ。アイコでしょ。アイコでしょ」

ドロケイとは、ドロボーチームとケイサツチームに分かれ、ケイサツチームがドロボーチームを捕《つか》まえる追いかけっこ。

「二人一組でジャンケンし、勝ったチームと負けたチームに分かれた方が早いよ…

……」

なかなかジャンケンが決まらないので、オガちゃんが隣《となり》のカトちゃんに耳打《みみう》ちしている。

「二人ずつな！　勝《か》ったチームがケイサツチームでここ、負《ま》けたチームはドロボーチームでこっち！」

すかさずカトちゃんが、大きな声でみんなに伝《つた》える。

「最初はグー、じゃんけんこんがらがったじゃすとんピーナツカレーライス！　アイコでしょ！」

一斉に二人一組のジャンケンが始まった。

「勝ちぃ！」

「あー、負けたぁ」

勝ったチームと負けたチームに分かれた後は、交換《こうかん》トレードだ。

それぞれのチームで相手《あいて》チームの誰《だれ》に加《くわ》わって欲《ほ》しいのかを相談《そうだん》し、決めていく。

ケイサツチームはオガちゃんが中心になり、相手チームの誰に加わって欲しいかを決めている。

突然《とつぜん》、ケンと同じドロボーチームのカトちゃんが、濁声《だみごえ》で売《う》り口上《こうじょう》をやり出した。

「へぇ〜ぃ、いらっしゃい、いらっしゃい、フグなんかどうだい？　お客《きゃく》さん、ぶくぶくして、脂《あぶら》がのっておいしいよぉ〜。今朝《けさ》、とれたばかりだよぉ〜」

顔《かお》をくしゃくしゃにしているカトちゃんが上体《じょうたい》を前後左右《ぜんごさゆう》にくねくねさせながら、魚屋のおじさんの物真似《ものまね》をしている。拍子《ひょうし》をとるように、手を打ったり、もみ手しながらの売り口上だ。カトちゃんの濁声は、みんなの爆笑《ばくしょう》を誘《さそ》い、その笑い声《わらいごえ》がさらにカトちゃんを調子《ちょうし》づかせている。

「フグだからって、ばかにしちゃいけないよ、お客さん！　転《ころ》がったら速《はや》いんだから…」

子どもたちの中には、腹《はら》を抱《かか》えて笑《わら》っている子もいれば、大きな口を開《あ》け、からだをくねらせながら大笑《おおわら》いしている子もいる。

ケンはというと、笑うこともなく、ぴくりとも動かずに呆然《ぼうぜん》と立ちすくんでいた。というのは、カトちゃんのいう〝フグ〟とは、ケンを指《さ》していたからだ。ケンはその場にいるのも恥《は》ずかしくなり、耳《みみ》たぶがゆでダコのように真《ま》っ赤《か》に染《そ》まっていく。

病院内で兄貴《あにき》と慕《した》ってきたカトちゃんにバカにされた〝フグ〟の一言《ひとこと》は、ケンの心をチクリと刺《さ》した。頬《ほお》は熱《あつ》く火照《ほて》り、心臓《しんぞう》の鼓動《こどう》も激《はげ》しくなっていく。

「くそっ！　なんとしてもカトちゃんを黙《だま》らせたい！　こんなとき仮面《かめん》ライダーだったら…、カトちゃんをやっつけてくれるのに…」

下を向き、眉間《みけん》に皺《しわ》を寄《よ》せながらケンは心の中で叫《さけ》んでいた。

仮面ライダーは、人気のテレビ番組《ばんぐみ》に登場《とうじょう》してくるヒーローで、悪《あく》の化身《けしん》のショッカーをやっつける正義《せいぎ》の味方《みかた》だ。

すると、ケンにはカトちゃんがショッカーのように思えてきた。

「ショッカーめ、眼《め》に物見《ものみ》せてやる！　仮面ライダァー〜、変身《へんしん》！　トォー！　えぇーいっ、ライダーキーック！」

気づいたときには、ケンはカトちゃんの腹部《ふくぶ》に思いっきりキックを食《く》らわせていた。

「うぅ〜、いてぇ〜」

ケンのかかとがカトちゃんのみぞおちに見事《みごと》に食《く》い込《こ》んでいた。カトちゃんはふいを突《つ》かれ、下《した》っ腹《ぱら》を抱《かか》えて足元《あしもと》にうずくまっている。

一週間前に盲腸《もうちょう》の手術《しゅじゅつ》をしたばかりの患部《かんぶ》にキックが入《はい》ってしまったのだ。

「う〜っ、う〜っ」

「……」

あまりにもきれいに決《き》まりすぎてしまったので、ケンは半《なか》ば呆気《あっけ》にとられている。カトちゃんは芝生《しばふ》の上に膝《ひざ》をつき、腹《はら》を抱《かか》えながらうずくまり、なかなか起《お》き上《あ》がることができないでいる。

「…あれっ？　どうしよう…」

次第《しだい》に怖《こわ》くなってきたケンは、どうしたらいいのかわからず、そそくさとその場から立《た》ち去るしかなかった。

「カトちゃんのバカ！　〝フグ〟っていうからだぞ！」

病室《びょうしつ》まで脇目《わきめ》も振《ふ》らずに、ケンは一目散《いちもくさん》にその場から退散《たいさん》した。


病室に戻《もど》ると、ケンはすぐにベッドの下からスケッチブックと色鉛筆《いろえんぴつ》を取り出すと、ベッドの上にうつぶせになって、天才《てんさい》バカボンの絵《え》を描《えが》き始めた。嫌《いや》なことがあると、ケンはいつも天才バカボンの絵を描くことにしていた。

空想《くうそう》の中《なか》でバカボンになりきって、絵を描いていると、すべてを忘《わす》れることがで

ていた。

長い闘病生活《とうびょうせいかつ》の中で楽《たの》しく時間を過《す》ごす術《すべ》をケンは、この頃《ころ》からすでに身《み》につけきるからだ。


「これでいいのだぁ～」

〝すべてを良《よ》しとする〟バカボンの決《き》め台詞《ぜりふ》はケンにとって、なにか大切《たいせつ》なことを教《おし》えてくれているように思《おも》えてならなかった。

そこに母の綾子《あやこ》がおやつの入ったビニール袋《ぶくろ》をもって、病室に入ってきた。

「ケンちゃん、おやつ買《か》ってきたわよ」

ベッドに備《そな》え付《つ》けられた移動式《いどうしき》テーブルの上にお菓子《かし》が広《ひろ》げられた。

食餌療法《しょくじりょうほう》で塩分《えんぶん》を控《ひか》えられているケンにとって、お菓子を食べる時間が唯一《ゆいいつ》の楽しみだった。テーブルの上に置《お》かれたビスコ、エンゼルパイ、アンコ玉《だま》、麩菓子《ふがし》、きなこ飴《あめ》、紙《かみ》パックの牛乳《ぎゅうにゅう》を見渡《みわた》してからケンは不服《ふふく》そうに呟《つぶや》いた。

「牛乳って、なにこれ？　コーヒー牛乳は？」

「今日《きょう》、鶴岡《つるおか》のデパートで大安売《おおやすう》りをしていてね、コーヒー牛乳は売り切れていたのよ。今日はこれで我慢《がまん》して…、今度、買《か》ってくるから…」

綾子はブラインドを調整《ちょうせい》しながら、面倒臭《めんどうくさ》そうに言った。

「コーヒー牛乳が飲みたいんだよ！　いつも言ってるじゃんか。今すぐ買ってきて！」

うつぶせのまま、唇《くちびる》を尖《とが》らせながら、不貞腐《ふてくさ》れるように言った。

「もう、なに言っているのぉ？　今日はこれで我慢して！」

綾子はケン専用《せんよう》のマグカップに牛乳を注《そそ》ぎ、テーブルの上にせわしなく置いた。

「ヤダよ！　こんなの！　今すぐコーヒー牛乳買ってこいよ！」

大きな声を張《は》り上《あ》げると、ケンはベッドに備《そな》え付《つ》けられたテーブルを足裏《あしうら》ではね退《の》けた。

その拍子《ひょうし》にカップがひっくり返《かえ》り、中の牛乳がテーブル上にぶちまけられた。みるみるうちに真《ま》っ白《しろ》い液体《えきたい》が、テーブルから布団《ふとん》の上に流れ落ちていく。

「なにやってるの！」

綾子はすぐに掛《か》け布団を剥《は》ぎ取《と》り、床《ゆか》に牛乳をこぼす。すぐにバスタオルで布団を拭《ふ》き取《と》っていく。なにかを懸命《けんめい》に耐《た》えているかのように、綾子は眉間《みけん》に皺《しわ》を寄《よ》せていた。

ケンはただじっと口をつぐみ、綾子の言葉《ことば》を待《ま》っていた。が、綾子の口からついて出てきたのは、自分の気持ちを押《お》し殺《ころ》したような声だけだった。

「今度買ってくるから、今日はこれで我慢して…」

悪いことをしたのはケンにもわかっていた。が、どうしても〝ごめんなさい〟の一言が口をついて出てこなかった。どうしても、その一言が言えないもどかしさを払《はら》いのけるかのように言《い》い放《はな》った。

「お母《かあ》ちゃんが…こんな子を産《う》んだからいけないんだぞぉ！　なんでもっともっと元気《げんき》な子を産まなかったんだぁ！」

そう言うと、ふとんを頭《あたま》からかぶり、ふとんの中で声を押し殺しながら泣いた。

「言ってしまった！」

ケンは心の中で何度も何度も呟《つぶや》いていた。さらに、ケンの心を苦《くる》しめたのは、母からなにも叱《しか》られなかったことだった。

「お母ちゃんは、どうして何も言ってくれないんだ…。悪いのは僕《ぼく》なのに…。お母ちゃんは僕のことなんて、ちっとも思ってくれていないんだ。それとも、からだが弱《よわ》いから、もうどうなってもいいと思っているのかなぁ…」

そう考えると、胸《むね》が締《し》めつけられるように苦しくなっていく。

布団の中で綾子に背《せ》を向《む》けながら、ケンはとにかく早く夜になることだけを願《ねが》った。そうすれば一人《ひとり》になれる…。

どのくらいの時間が経《た》ったのだろうか。浅《あさ》い眠《ねむ》りから目を覚《さま》ましたケンは、間仕切《まじき》りのカーテンをそっと開《あ》けてみた。

ケンの内と外の世界を隔《へだ》てる窓《まど》ガラスの向こうには、見えるはずの鳥海山《ちょうかいさん》の勇壮《ゆうそう》な佇《たたず》まいはなく、見えるのはすっかり日の暮《く》れたあとの深《ふか》い闇《やみ》だけだった。

ケンは枕元《まくらもと》に置かれた一枚の紙切《かみき》れを見つけた。

「ケンちゃんへ。夜は冷《ひ》えるから風邪《かぜ》をひかないように。母より」

綾子の優《やさ》しさが、ケンの心の薄《うす》い膜《まく》を何度も何度も突《つ》いていた。ケンは紙切れを握《にぎ》りつぶすと闇に向かって、思いっきり投《な》げ捨《す》てた。

小さな、小さな紙切れはケンの悲《かな》しみと一緒《いっしょ》に深い闇へと消《き》えていった。

入退院《にゅうたいいん》、休学《きゅうがく》、復学《ふくがく》を繰り返している間にも、正一はケンをたくさんの生《い》き物《もの》が生息《せいそく》する鳥海山に連《つ》れて登《のぼ》った。

生後《せいご》十ヶ月目、背負子《しょいこ》に乗《の》せての初山行《はつさんこう》から、小学六年生までにケンが鳥海山を含《ふく》め、近隣《きんりん》の山々を登《のぼ》った回数《かいすう》はすでに百四十二回を数《かぞ》えていた。


ケンが小学六年に進級《しんきゅう》したばかりの五月の連休初日《れんきゅうしょにち》。正一とケンは鉾立登山口《ほこだてとざんぐち》に来ていた。日本酒《にほんしゅ》を大地《だいち》に垂《た》らしている正一を見て、ケンが訊《たず》ねた。

「なんでそんなことするの？」

「無事《ぶじ》に登《のぼ》れますようにって山《やま》の神様《かみさま》にお祈《いの》りしてる」

「山の神様って？」

「昔《むかし》からお父《とお》ちゃんを守《まも》ってくれてる神様だ」

「お父ちゃん、神様に守ってもらったことあるの？」

「ああ…」

「どんな風《ふう》に守ってもらったの？」

「あれは昭和《しょうわ》四十一年の三月下旬《げじゅん》から四月上旬《じょうじゅん》にかけて、元教《もとおし》え子《ご》二人と出羽丘陵《でわきゅうりょう》を縦走《じゅうそう》しに行ったときのことだ。

あの日は、余目駅《あまるめえき》を出発《しゅっぱつ》してから三日目を迎《むか》えていた。ラジオから午前六時のニュースのあとの天気予報で、「風雪《ふうせつ》波浪《はろう》雪崩《なだれ》注意報《ちゅういほう》」解除《かいじょ》を伝《つた》えていた。実際《じっさい》にはまったく吹雪《ふぶき》がおさまりそうになく、濃《こ》いガスも出始《ではじ》めていた。ただ、なぜだかはわからないが、いつもより足取《あしど》りが軽《かろ》やかだったことははっきりと憶《おぼ》えている。ひたすら稜線上《りょうせんじょう》（山の峰《みね》と峰を結《むす》ぶ線上）を南下《なんか》していた。しばらく進《すす》むと、アイスバーン状《じょう》（降《ふ》り積《つ》もった雪が凍《こお》って滑《すべ》りやすくなった状態）の登りにさしかかったんだ。

猛吹雪《もうふぶき》は一向《いっこう》にやむ気配《けはい》はなかった。山頂《さんちょう》まであと五〇メートルを残すだけだったので、お父《とう》ちゃんは足場《あしば》を作るためにザックをおいて、ピッケルで氷を削《けず》ることにした。一人ひとりの腰《こし》には、万《まん》が一《いち》のために麻《あさ》のザイルでなく、コチコチに凍った、頑丈《がんじょう》な直径《ちょっけい》八ミリの化学繊維《かがくせんい》のザイルを巻《ま》きつけてあった。頂《いただき》まであと十メートルと迫《せま》り、一息《ひといき》つくたびに額《ひたい》に汗《あせ》が浮《う》き出《で》ていた。

『よっしぁ、一気《いっき》にいくか』と、気張《きば》ってみる。が、すぐに一息入れてしまう。それを繰《く》り返《かえ》していた。少し頑張《がんば》って氷を砕《くだ》いては休み、砕いては休みをつづけていたんだ。

「疲《つか》れた。ちょっと休むか」

そう思って、右手にもっていたピッケルをついうっかりして、思いっきり雪面《せつめん》に突《つ》き立《た》ててしまった。そのときだった。

突然、足元にあると思っていた稜線上の雪が下に沈《しず》みこみ、そのまま足元《あしもと》の雪面がなくなった。一瞬《いっしゅん》、宙《ちゅう》に浮《う》いたと思った。次の瞬間《しゅんかん》、谷底《たにぞこ》に飲《の》みこまれ、真《ま》っ逆《さか》さまに落ちていった。


気づいたときには、腹《はら》にザイルが食《く》い込《こ》み、ものすごい痛《いた》みと圧迫感《あっぱくかん》で、しばらく失神《しっしん》していた。

谷底を見るとデブリ（雪崩《なだれ》がたまったところ）があることから、絶壁《ぜっぺき》に宙吊《ちゅうづ》りになっていることを理解《りかい》した。稜線だと思ってピッケルを雪面に突き刺した衝撃《しょうげき》で、お父ちゃんは雪庇崩壊《せっぴほうかい》（山の峰《みね》と峰を結《むす》ぶ稜線《りょうせん》に張り出した雪の庇《ひさし》が雪崩になること）に巻《ま》き込《こ》まれていたんだ。

あまりにも腹が引《ひ》き裂《さ》かれんばかりの痛みと苦《くる》しさからどうしても逃《のが》れたくて、

何度もズボンのポケットに手がいったよ。ポケットのジャックナイフを引《ひ》き抜《ぬ》いて、どんなにこのザイルを断《た》ち切《き》ろうと思ったことか分《わ》からない。死ぬほど腹が苦しかったからな。

ザイルを切ろうか、どうしようか迷《まよ》っていたときに、ふとあどけないアキの顔《かお》が脳裏《のうり》をよぎったんだ。

当時、お姉《ねえ》ちゃんのアキはやっと掴《つか》まり立《だ》ちを憶《おぼ》えたばかりの満一歳《まんいっさい》だった。

『このまま死んだら、もう二度とアキに会えない。私が死んだら、この先、アキは一体《いったい》どうなってしまうのか。いやだ！　死にたくない！　生きたい！　生きてもう一度アキに会いたい！』

そう思った瞬間《しゅんかん》、全身《ぜんしん》に力が漲《みなぎ》ってくるのが自分でもわかったよ。

知らずに、首から提《さ》げているクルミの実のお守《まも》りを固《かた》く握《にぎ》りしめていたよ。

お父ちゃんは、どうにかして助かる方法を必死《ひっし》の思いで考えた。すぐ近くに、掴まれそうなものはなかったが、五メートルほど離《はな》れた壁面《へきめん》に生《は》えているツツジを見つけた。宙吊《ちゅうづ》り状態だったので、からだを左右《さゆう》に揺《ゆ》すれば振《ふ》り子《こ》のようにからだが振《ふ》れて、ツツジの枝《えだ》を掴むことができるかもしれないと考えた。勇気《ゆうき》を振《ふ》り絞《しぼ》って、挑戦《ちょうせん》してみることにした。

何度も振り子のようにからだを左右に揺らしてみるとザイルも一緒《いっしょ》に揺れ始めた。次に片足《かたあし》を伸《の》ばし、つま先で壁面を蹴《け》った。するとからだが大きく左右に振れて、なんとかツツジの枝に掴まることができたんだ。

次にツツジの枝を支《ささ》えにしながら、からだを安定《あんてい》させるために壁面をつま先で削《けず》り、片足が乗《の》る足場《あしば》をつくった。そして、片手片足を支えにして、ザイルの結《むす》び目《め》を背中《せなか》から腹部《ふくぶ》に戻《もど》すことに成功《せいこう》した。

上を見上げても黒い手袋《てぶくろ》だけしか見えなかった。上の稜線まで八メートルほどあったかな。

次にどうしたらいいかと考えた。こう見えてもお父ちゃんは当時、腕力《わんりょく》には自信《じしん》があったんだ。実家《じっか》の庭《にわ》に鉄棒《てつぼう》があってな、毎日鉄棒にぶら下《さ》がっていた。毎日、懸垂《けんすい》二十回と、片手懸垂一分以上、腕立《うでた》て伏《ふ》せを二百回やっていたんだよ。

とはいっても、そのときすでに、体力も限界《げんかい》に達《たっ》していたから、すべての力を一点に集めて、一気《いっき》に登り切らないと助からないことは分《わ》かっていた。握力《あくりょく》、腕力《わんりょく》が必要とされる、この登りは、やり直しはありえなかった。

何度か深呼吸《しんこきゅう》を繰《く》り返《かえ》し、気持ちを落《お》ち着《つ》かせて、深く息を吸《す》いこんでから、気《き》合《あ》いとともに一気に素手《すで》で凍《こお》ったザイルにしがみついた。それからはもう死《し》に物狂《ものぐる》いになってザイルをたぐっていったよ。

黒い手袋《てぶくろ》がだんだん近づいてくる。しっかりとその手袋にしがみついた。

次の瞬間、からだが反対斜面《はんたいしゃめん》に落ちそうになるくらいに別な手が思いっきり引《ひ》き揚《あ》げてくれた。

八メートルを腕力だけで登りきったんだ。もし化学繊維《かがくせんい》のザイルでなく、麻《あさ》のザイルを使っていたら、もしツツジが生《は》えていなかったら、もし腕《うで》に力が入らず、登り切ることができなかったら、もし滑落《かつらく》した衝撃《しょうげき》で雪崩《なだれ》が起《お》きていたら、今、ここにこうしていなかったかもしれなかったんだ」

ちょっとした気《き》の緩《ゆる》みが、死神《しにがみ》を呼び寄せてしまう自然の怖《おそ》ろしさを噛《か》みしめながら、正一は一気に熱《あつ》く語った。

しかし、ケンにとっては正一の話を聞きながら、お父ちゃんを守ってくれた神様とは、一体どんな神様なのだろうかと空想《くうそう》を膨《ふく》らませているだけだった。

第三章　ジーザスごっこ

一九七七年十月　余目《あまるめ》小学校にて

学校生活にも慣《な》れてきていたケンは、突然《とつぜん》、友達《ともだち》の背後《はいご》に回《まわ》って、膝《ひざ》を曲《ま》げ、膝関節《ひざかんせつ》をカクンとさせるような、いたずら好《ず》きなところもあった。が、一人で鳥海山《ちょうかいさん》に登りに行き、トンボ、バッタ、サンショウウオ、シダの植物《しょくぶつ》を採集《さいしゅう》しに行くようなところもあった。

「ワァー」

しーんと静まりかえっていた体育館《たいいくかん》に突然、絶叫《ぜっきょう》の稲妻《いなずま》が走った。

誰《だれ》もいない体育館内の静《しず》けさを大声で切《き》り裂《さ》くのが、ケンの楽しみの一つでもあった。

「ギャー」

「ワァー」

ケンにつづいて、カンちゃん、ロクちゃん、ダイちゃんもあとにつづいた。

「カンダキーン」

突然、ロクちゃんがカンちゃんのからだに触《ふ》れた手で、隣《となり》にいたケンにタッチしてきた。

それを合図《あいず》に全員が四方《しほう》に散《ち》り、いつもの追《お》いかけっこが始まった。

カンちゃんについているバイ菌《きん》のことを「カンダキン」。ダイちゃんのなら「ダイキン」だ。

ステージの袖《そで》にまとめられている緞帳《どんちょう》の陰《かげ》に隠《かく》れるロクちゃん。ダイちゃんは垂《た》れているロープによじ登《のぼ》っている。ただ体育館から出るものは一人もいない。

体育館内だけの追いかけっこが面白《おもしろ》いことをみんなは知っていた。

追いかけっこに疲れると、今度はぴかぴかに磨《みが》かれた木目《もくめ》の床《ゆか》に仰向《あおむ》けになった。飲《の》み込《こ》まれてしまいそうな高い天井《てんじょう》を見上げ、乱《みだ》れた呼吸《こきゅう》を整《ととの》えていると、天井に張りめぐらされた梁《はり》に何枚もの雑巾《ぞうきん》が引《ひ》っ掛《か》かっているのに気がついた。

しばらくすると、クラスで一番体格《たいかく》のいいダイちゃんが体育館《たいいくかん》の倉庫《そうこ》から体操用《たいそうよう》のマットを何枚もひっぱり出してきて、体育館の床《ゆか》に敷《し》き始めた。

「誰《だれ》か俺《おれ》にプロレスの技《わざ》、かけてほしい奴《やつ》いる？」

みんなは、まだ仰向《あおむ》けになって寝《ね》そべっている。

「ねぇ〜、カンちゃ〜ん、ちょっとお手伝《てつだ》いしてぇ〜」

ダイちゃんが、今度はニューハーフの物真似《ものまね》をしながら、寝ていた小柄《こがら》のカンちゃんの両足首《りょうあしくび》を掴《つか》み、そのままマットまで引《ひ》きずってきた。

「大丈夫《だいじょうぶ》よぉ〜、痛《いた》くないわよぉ〜、痛かったらギブアップって言ってぇ〜、お願《ねが》いぃ〜、すぐやめるわよぉ〜、大丈夫よぉ〜」

「いいよ、いいよ、いいって…」

カンちゃんは、ダイちゃんの手を振《ふ》り払《はら》おうと両脚《りょうあし》をばたつかせて、嫌《いや》がっている。

ダイちゃんがカンちゃんの両脚をもって、マットの上で逆四《ぎゃくよん》の字固《じがた》めをかけ始めた。

この技は、相手の両脚を数字の４の字の形をつくって、弁慶《べんけい》の泣《な》き所《どころ》である臑《すね》の骨をもう片方の脚で圧迫《あっぱく》させ、臑にかなりの激痛《げきつう》を伴《ともな》わせる技だ。

「いたぁー、いたったたったたっ、いたっー、ギブアップ！　ギブアップ！　ギブアーップ！」

つづけて、コブラスツイスト、卍固《まんじがた》め、エビ固め、次々とダイちゃんが一方的にカンちゃんに技をかけていき、カンちゃんがギブアップするのを楽しんでいる。

「おまえ、すぐギブアップするから、つまんねぇー。誰か俺に新しい技かけられる奴いねぇのか？」

自分の知らない技をかけてほしいのか、ダイちゃんがみんなに得意《とくい》になって訊《き》いている。

すると、ケンがダイちゃんの前にしゃしゃり出ると四股《しこ》を踏《ふ》み始めた。

「なんだよ、フグ刺《さ》し、俺とやんのかよ？　勝てるわけねぇだろぉ…？」

まだ肩《かた》で息《いき》をしているダイちゃんが、ほどけかかっているマットのヒモをむしりながら言《い》い放《はな》った。するとダイちゃんが立ち上がり、ケンの近くまでにじり寄《よ》っていく。

力士《りきし》みたいな、ふてぶてしい態度《たいど》でベルトあたりを何度も叩《たた》き、ケンはダイちゃんを挑発《ちょうはつ》している。

それを見ていたロクちゃんが、いつのまにかレフェリーを買《か》って出ていた。

「青コーナー、アントニオ・フグ〜、赤コーナー、ジャイアント・ダイスケ」

ロクちゃんのアナウンスを聞き、カンちゃんが転《ころ》げ回《まわ》って笑《わら》っている。

ロクちゃんのアナウンスを合図《あいず》に、ケンはお腹《なか》を突《つ》き出《だ》し、手についた塩《しお》を舐《な》める真似《まね》をして見せると、ゆっくりとマットの中央に歩み出ていく。

あとにつづいたダイちゃんと向《む》かい合《あ》ったケンは、四股《しこ》を踏《ふ》み、見合《みあ》う形《かたち》をとった。ケンは、ダイちゃんとの視線《しせん》を決して外《はず》そうとはしない。


こんなことがいとも簡単《かんたん》にできてしまうのは、ケンが北《きた》の湖《うみ》になりきっているからだった。当時の横綱《よこづな》北の湖関《ぜき》は、次々と最年少昇進《さいねんしょうしょうしん》記録《きろく》を塗《ぬ》り替《か》え、憎《にく》らしいほどの強《つよ》さを誇《ほこ》っていた。

「ケン、相撲《すもう》じゃねえぞ、プロレスだぞ！」

ダイちゃんが、向かい合うケンの前で腕組《うでぐ》みをしながら言《い》い放《はな》った。

「異種《いしゅ》格闘技《かくとうぎ》だ！」

ケンは四股を踏《ふ》みながら即答《そくとう》した。

「両者《りょうしゃ》、こっちきて…、いいか、ギブアップするか、テンカウントで起《お》き上《あ》がれなかった方が負《ま》け、ユー、オーケー？」

ロクちゃんが至近距離《しきんきょり》で向かい合っている両者の間に分《わ》け入《い》って、ルール説明《せつめい》をしている。

「両者、ニュートラルコーナーにもどって…ファイト！　カ〜ン」

ケンは、すかさずダイちゃんの右上手《みぎうわて》を引きつけると、一気に上体《じょうたい》で押《お》し出《だ》すようにしてマットの外に弾《はじ》き飛《と》ばそうとする。が、ダイちゃんにうまくからだをかわされる。

体勢《たいせい》を崩《くず》したケンがマットから押し出されようとした、そのときだった。ケンがダイちゃんのベルトをつかむとすばやくダイちゃんの背後《はいご》に回《まわ》った。と思った瞬間《しゅんかん》、ケンはすぐにダイちゃんのみぞおちのところを両腕《りょううで》で抱《だ》きかかえた。

「あっ、ジャーマン・スープレックスだ！」

ロクちゃんが声を張《は》り上《あ》げる。

一瞬《いっしゅん》、ダイちゃんの足元《あしもと》がマットから離《はな》れ、からだが宙《ちゅう》に浮《う》く格好《かっこう》になった。ケンが両腕《りょううで》でダイちゃんの上半身《じょうはんしん》を抱《だ》きかかえるように上に持ち上げると、そのまま後《うし》ろに倒《たお》れていった。

ゴン！

鈍《にぶ》い音がした。

「いてぇー」

ダイちゃんの声が体育館に反響《はんきょう》した。

「いてぇーよぉ～」

泣きべそをかきながら、後頭部《こうとうぶ》を何度《なんど》も何度も掻《か》いているダイちゃん。

マットを見ると、マットとマットの間に床《ゆか》が顔《かお》を出していた。

おそらくダイちゃんがカンちゃんに技《わざ》をかけていたときに、ずれてしまったのだろう。

ダイちゃんが頭《あたま》からマットに落ちていったところに、マットが敷《し》かれていなかったのだ。

ダイちゃんを見ると、手で掻いている後頭部が見る見るうちに、おはぎほどの大きさに腫《は》れ上《あ》がっていた。

「保健室《ほけんしつ》行ってくる……」

ダイちゃんは片手《かたて》で頭を押さえながら、保健室に走っていった。

翌日《よくじつ》、包帯《ほうたい》で頭をぐるぐる巻《ま》きにしたダイちゃんが、体育館でジャーマン・スープレックスをカンちゃんにかけていたと、ケンはロクちゃんから聞かされた。


校舎《こうしゃ》の窓《まど》ガラスにオレンジ色の夕日《ゆうひ》が反射《はんしゃ》する日暮《ひぐ》れ時。八幡神社《やはたじんじゃ》から黒《くろ》いカラスの群《む》れが日本海《にほんかい》上空《じょうくう》に向かって夕空を横切っていった。

校舎内に下校《げこう》を知らせるチャイムが鳴《な》り響《ひび》く中、ランドセルを背負《せお》った子どもたちが昇降口《しょうこうぐち》から一斉《いっせい》に飛び出してきた。バイバイと言い合いながら家路《いえじ》を急いでいく。

六年五組の教室では、掃除《そうじ》が始まり、男女合わせて四人の生徒《せいと》が、机《つくえ》や椅子《いす》を後《うし》ろに移動《いどう》させているところだった。他に、箒《ほうき》をスティックに、消《け》しゴムをパックに見立《みた》て、お互《たが》いに体当《たいあ》たりしながらホッケーごっこで遊んでいる子どもたちもいた。

ケンも、同じ班《はん》のカンちゃんと一緒《いっしょ》に机を移動させているところだった。

突然《とつぜん》、カンちゃんの足元《あしもと》に消しゴムが転《ころ》がってきた。そのときだった。まだ頭の包帯が取れていないダイちゃんが、カンちゃんに思いっきり体当たりを食《く》らわせた。

二メートルほど弾《はじ》き飛《と》ばされたカンちゃん。

「邪魔《じゃま》だよぉー、こんなとこにいるんじゃねぇよ！」

ダイちゃんは言い終わらないうちに、カンちゃんの尻《しり》に思いっきり回《まわ》し蹴《げ》りを打ち込んできた。一瞬《いっしゅん》、カンちゃんのからだが弓《ゆみ》なりにしなった。

ダイちゃんが、そのままホッケーをつづけようとしたときだった。カンちゃんがさっと足を出して、ダイちゃんの足を払った。

いつもいじめられているカンちゃんが、ダイちゃんを転ばせたのだ。

以前から、けちょんけちょんにやられると分《わ》かっていながら、敢《あ》えて戦いを挑《いど》むようなところがカンちゃんにはあった。

ゴンと床《ゆか》に膝《ひざ》を打ちつけ、蹴躓《けつまず》いていたダイちゃんはすぐに起《お》き上《あ》がると、眉間《みけん》に皺《しわ》を寄《よ》せながらカンちゃんににじり寄《よ》っていく。

ダイちゃんは、カンちゃんの髪《かみ》の毛《け》を鷲掴《わしづか》みにしながら、こう言《い》い放《はな》った。

「なんだぁ〜、カンダぁ〜、今、おめぇ〜なにやったぁー、おい！」

ダイちゃんは身長《しんちょう》一六〇センチ、体重《たいじゅう》七〇キログラム。六年生の中で、三本の指に入るほどの体格《たいかく》だ。

しかも、自分より明《あき》らかに弱《よわ》いと思う子には、とことん自分の強《つよ》さを見せつけてくる。

以前、ケンもダイちゃんに「フグ、フグ」としつこく言われていた時期《じき》があった。

そんなとき、ケンは決して言《い》われっ放《ぱな》しにはさせず、必ず自分の気持ちをぶつけてきた。

ダイちゃんは相手が本気で怒《おこ》っていることがわかると、それ以上のことはしてこなかったし、ダイちゃんの嫌《いや》がらせがそう長くはつづかないこともケンにはわかっていた。

ダイちゃんはカンちゃんの髪の毛を片手で掴んだまま、教室の中を引きずり回している。

「おーい、みんな、ジーザスやろうぜ！」

今までホッケーをしていた仲間《なかま》に向かって、ダイちゃんがそう叫《さけ》ぶと、仲間たちがカンちゃんを背後《はいご》から羽交《はが》い締《じ》めにし始めた。

「おい！　足を押《お》さえろ！　手も…」

ダイちゃんは必死に抵抗《ていこう》するカンちゃんに負《ま》けじと、声を荒《あら》げている。

ダイちゃんがカンちゃんの前に回り込むと、両手で半ズボンとパンツを勢《いきお》いよく膝《ひざ》下《した》までずり下《お》ろした。下半身《かはんしん》があらわになったカンちゃんが、直立不動《ちょくりつふどう》のまま棒立《ぼうだ》ちになっている。

「キャー」

教室内に女の子の悲鳴《ひめい》が上《あ》がった。

さらに、ダイちゃんたちはカンちゃんを机《つくえ》の上に仰向《あおむ》けに寝《ね》かすと、ガムテープで両手両足を机の脚《あし》に巻《ま》きつけていった。

「やめなよー」

学級委員《がっきゅういいん》のネギシさんが、ダイちゃんに詰《つ》め寄《よ》った。

「カンダちゃんと遊《あそ》んでるのよぉ〜。カンダちゃんも楽しいって言ってるわぁ〜。ねぇ〜カンダちゃ〜ん、楽しいわよねぇ？」

ダイちゃんはカンちゃんの髪《かみ》の毛《け》を掴《つか》みながら、得意《とくい》のニューハーフの物真似《ものまね》をして、耳元《みみもと》で訊《き》いている。

「うぅ…」

カンちゃんは眉間《みけん》に皺《しわ》を寄《よ》せている。

「うぅ〜、やめろぉ〜」

唸《うな》り声《ごえ》をあげながら必死《ひっし》に抵抗しているように見えたが、どこか薄笑《うすわら》いを浮《う》かべ、余裕《よゆう》ある表情《ひょうじょう》を作ろうとしているようにも見えた。

ケンはどうすることもできず、カンちゃんが脱《ぬ》がされていくのをただじっと黙《だま》って見ているしかなかった。ケンの握《にぎ》り拳《こぶし》はすでに汗《あせ》でべとついていた。

「もしここで自分が、カンちゃんを助《たす》けたら…、今度は自分が…『フグ』とまた言われる。きっとそうだ。そうに決まっている。もう誰《だれ》にも『フグ』なんて言われたくない！　でも…」

そう考えれば考えるほど、胸が締《し》め付《つ》けられるように息苦《いきぐる》しくなってきた。

ケンは黙って、ただ耐《た》えるしかなかった。俯《うつむ》いて、眉間に皺を寄せながら心の中でこう叫《さけ》んでいた。

「なんて卑怯《ひきょう》なんだ！　いや、僕《ぼく》が悪《わる》いんじゃない！　カンちゃんが弱いからいけないんだ。カンちゃんの弱虫《よわむし》！　どうして怒《おこ》らないんだ！　こんなことされて、なぜ黙《だま》っているんだよ！　僕だったら、思いっきりぶん殴《なぐ》ってやるのに！」

素《す》っ裸《ぱだか》にされ、ガムテープで机《つくえ》にくくりつけられたカンちゃんは、四人に机ごと抱《かか》えられていた。まるで十字架《じゅうじか》に磔《はりつけ》にされたキリストのようであった。

ダイちゃんたちにより、教室内《きょうしつない》を行進《こうしん》しながら鎮魂曲《ちんこんきょく》の大合唱《だいがっしょう》が始まった。

「じゃーん、じゃじゃじゃーん、じゃじゃ、じゃーんじゃじゃじゃじゃーん」

さっきまで目をそらしていた女子の中には、その光景《こうけい》を見ながら、口を押《お》さえて笑《わら》っているものもいた。

どうしても黙って見ていられなかったケンは、気づいたらダイちゃんの前ににじり寄《よ》っていた。

「ダイスケ、やめろよ！」

かかってきたら、いつでも頭突《ずつ》きをいれられるように、ケンは上目遣《うわめづか》いで眉間《みけん》に皺《しわ》を寄《よ》せながら言い放った。

「何ぃ〜、フグ刺《さ》し！」

「嫌《いや》がっているだろ！　放《はな》してやれよ！」

「何だとぉ！　いっつも体育ずる休みしているくせによ！　うっせぇんだよ！　フグ！」

じりじりとダイちゃんがケンににじり寄ってきた、そのときだった。

ダイちゃんの前にまたネギシさんが立ちはだかった。

「先生、呼《よ》んでくる！」

そう捨《す》て台詞《ぜりふ》を残《のこ》すとネギシさんは教室を飛《と》び出《だ》していった。

「やべぇー、ネギシの野郎《やろう》、チクリにいきやがった。みんな外《はず》せ！」

ダイちゃんたちは、慌《あわ》ててカンちゃんの手足に巻《ま》きついているガムテープをほどきにかかる。

カンちゃんを机からおろすとダイちゃんたちは、ランドセルを奪《うば》うようにして拾《ひろ》うと「カンダキ〜ン」と言い合いながら一目散《いちもくさん》に教室を飛び出していった。

ケンの足元には、ジーパンの中で裏返《うらがえ》しになっている白いパンツが所在《しょざい》なげに投《な》げ捨《す》てられていた。

その場《ば》に立ちすくんでいたケンは、教室中に撒《ま》き散《ち》らかされた洋服を一枚一枚拾って、カンちゃんに渡《わた》してあげた。

「帰《かえ》ろうぜ…」


ケンとカンちゃんは、ランドセルを胸元《むなもと》にかけ、相手の胸を目掛《めが》けて体当《たいあ》たりしながら、昇降口《しょうこうぐち》にやってきていた。

昇降口におかれている下駄箱《げたばこ》は、窓《まど》から射《さ》し込《こ》む光線《こうせん》で夕焼《ゆうや》け色《いろ》に染《そ》まっていた。

二人が校庭《こうてい》に出ると、すでに日も傾《かたむ》き始め、東の空から少しずつ灰暗《ほのぐら》い紺青色《こんじょういろ》の闇《やみ》が迫《せま》ってきていた。

「カンちゃん、正門《せいもん》からジャンケンしながら帰ろうぜ」

ジャンケンで勝《か》った方が、決《き》まった数の分だけ前に進《すす》むことができる。グーで勝てば「グ・リ・コ・ノ・オ・マ・ケ・ツ・キ」と九歩先《きゅうほさき》に。チョキで勝てば「チ・ヨ・コ・レ・イ・ト」と六歩《ろっぽ》先に。パーで勝てば「パ・イ・ナ・ツ・プ・ル」と六歩先に進むことができる。

ケンが連続勝《れんしょうが》ちした地点《ちてん》から、次第《しだい》に二人の距離《きょり》は離《はな》れていった。二人の声が車の騒音《そうおん》でかき消《け》され、聞《き》き取《と》りにくくなっていく。

「暗《くら》くなってきたから、もうやめよう」

ケンは、薄暗闇《うすくらやみ》の中にポツンと立《た》ち尽《つ》くしているカンちゃんに届《とど》くように、大声で叫《さけ》んだ。

日の落ちた西空が、オレンジ色から茜色《あかねいろ》の空に変わっていた。時折《ときおり》、車道《しゃどう》を行《い》き交《か》う車のサーチライトが二人を照《て》らし出《だ》していく。

突然《とつぜん》、東の空から巨大《きょだい》な黒板《こくばん》を爪《つめ》でひっかいたような音が聞こえてきた。しばらくすると、夕焼け空一面《いちめん》に大量の黒豆《くろまめ》を撒《ま》き散《ち》らしたような鳥《とり》の大群《たいぐん》が、ケンとカンちゃんの上空《じょうくう》を旋回《せんかい》し始めた。

「なんだぁ？　こりゃ、スズメかなぁ？」

夕空を大きく旋回している鳥の動《うご》きに合わせ、潜望鏡《せんぼうきょう》のようにぐるぐると回りながら、カンちゃんは上空を仰《あお》ぎながら言った。

ケンは、目線《めせん》を上空に向け、ため息交《いきま》じりの声で呟《つぶや》いた。

「この鳴《な》き声は、スズメじゃないし、カラスでもないぞ…、一体《いったい》なんの鳥だぁ？

こんなにたくさん飛んでるなんて、普通《ふつう》じゃないぞ、何かの前触《まえぶ》れかもしれない。そうだよ！　きっとそうだ！　何かとんでもないことが起《お》こるんだ！」

「とんでもないことって？」

カンちゃんが、夕空を見上げているケンの横顔《よこがお》を見ながら心配《しんぱい》そうに訊《たず》ねた。

「大地震《だいじしん》とか、日本沈没《にほんちんぼつ》とか、宇宙人襲来《うちゅうじんしゅうらい》とかさ、何かとんでもないことだよ…」

旋回《せんかい》を繰《く》り返《かえ》しながら謎《なぞ》の鳥は少しずつ最上川《もがみがわ》の河川敷《かせんじき》の方角《ほうがく》へと移動《いどう》していった。

謎《なぞ》の鳥《とり》を追《お》いかけながら、ケンとカンちゃんは田んぼの畦道《あぜみち》を一緒《いっしょ》になって走った。

ケンは果《は》てしなくつづく緑の絨毯《じゅうたん》の上を走っているような気分だった。

二人が最上川の河川敷近くまでたどり着いたときには、夕日が地平線《ちへいせん》に消《き》えようとしていた。

辺《あた》りが闇《やみ》に包《つつ》まれようとしていた頃、上空を旋回していた鳥たちは日が沈《しず》むのを待《ま》っていたかのように、一本の樹木《じゅもく》にとまり始めた。

木の枝が垂《た》れ下《さ》がり、折れてしまいそうなくらいに鳥が所狭《ところせま》しと群《むら》がってとまった。

すると、鳥が一斉《いっせい》に鳴き始めたのだ。突然、立ち木がしゃべり始めたかのように、辺り一面は夕立《ゆうだち》のような騒々《そうぞう》しさに変わった。あっという間《ま》に、近くを流れる最上川のせせらぎが鳥たちの囀《さえず》りでかき消されていく。

「暗くてよく見えないから、明日、朝早くここにきて、何の鳥か見てみないか？」

ケンが、カンちゃんに訊《たず》ねた。

「朝？　学校はどうするの？」

「登校《とうこう》する前に来るんだよ。朝四時にカンちゃん家《ち》に行くから起《お》きて待《ま》っててよ」

「うん」

夕日が沈み、西空《にしぞら》はほんのりとした赤味《あかみ》を帯《お》びた群青色《ぐんじょういろ》に染《そ》まっていた。農道《のうどう》に沿《そ》って並《なら》んでいる街灯《がいとう》の明《あ》かりだけを頼《たよ》りに二人は家路《いえじ》を急《いそ》いだ。深い闇《やみ》に浮かび上がる光の路《みち》は、まるでテールライトに照《て》らされる滑走路《かっそうろ》の上を歩いているような気分《きぶん》だった。

まるで宝石箱《ほうせきばこ》をひっくり返したような星空から宇宙船《うちゅうせん》が滑走路に飛来《ひらい》してきて、どこか遠いところに連れていかれそうな夢《ゆめ》のような風景《ふうけい》の中に、二人はいた。

草をすり潰《つぶ》したような青臭《あおくさ》い匂《にお》いを含《ふく》んだ夜風《よかぜ》が、二人の間をすり抜《ぬ》けていく。

「わぁーっ」

突然《とつぜん》、ケンは怖《こわ》さを払《はら》いのけるかのように奇声《きせい》を張《は》り上《あ》げた。

闇を切《き》り裂《さ》くようなケンの叫《さけ》び声《ごえ》は、跡形《あとかた》もなく深い闇の中に消《き》えていった。

「キャーッ」

カンちゃんもケンの後につづき、叫んだ。

「シュッ、シュッ、シュッシュッ」

突然、ケンが周囲をほのかに照《て》らす街灯の下でシャドーボクシングを始めた。左ジャブを三回繰《く》り出《だ》してからの右ストレートを繰り返している。ケンのシャドーボクシングを見ていたカンちゃんも、あとにつづいた。

必死《ひっし》にジャブを繰り出しているカンちゃんの気配《けはい》を感じながら、ケンは以前からカンちゃんに訊《き》いてみたかったことを口にした。

「カンちゃんってさ、どうしていつも怒《おこ》らないんだよ？」

「……」

黙《だま》って、ひたすらシャドーボクシングをつづけているカンちゃん。

「どうしてだよ？」

今度は、少し腹立《はらだ》ち紛《まぎ》れに訊《き》いてみた。

「わかんない…」

ケンの顔色《かおいろ》を窺《うかが》う素振《そぶ》りも見せず、カンちゃんはパンチを出しつづけている。

唇《くちびる》を尖《とが》らせながら、はっきりしない声で「わかんない…」と何かしらもごもごと呟《つぶや》いている。が、ケンの耳には届《とど》いてこなかった。

「カンちゃんが怒らないから、ダイちゃん調子に乗るんだ。怒らなきゃだめだ！」

「……」

「悔《くや》しくないのかよ！」

「別《べつ》に…」

「駄目《だめ》だ！　そんなの…、嫌《いや》なら嫌って言わなきゃ…」

ケンは、少し向《む》きになっていた。

二人は、やっと車道のある交差点《こうさてん》にたどり着いた。

交差点を通り過ぎていく車の数も減ってきていた。一瞬《いっしゅん》、静寂《せいじゃく》が訪《おとず》れたと思った途端《とたん》、爆音《ばくおん》を響《ひび》かせた四五〇ccのオートバイが猛《もう》スピードで走《はし》り抜《ぬ》けていった。

交差点の信号機《しんごうき》が青から赤に変わり、横断歩道《おうだんほどう》近くで止まっていた車が一斉《いっせい》に動き出した。

交差点の角《かど》にあるコンビニエンスストアから、白いヘルメットをかぶった、野球《やきゅう》部《ぶ》の一団《いちだん》が菓子《かし》パンをかじりながら出てくるところだった。

黙ったまま信号が変わるのを待っていると、今度はカンちゃんがケンに訊いてきた。

「じゃぁ、ケンちゃんはどうして体育《たいいく》の授業《じゅぎょう》をいつも見学《けんがく》してるの？」

「えっ！？　それはぁ…医者《いしゃ》にとめられてるからだよ…」

ケンはきっぱりと言い切った。

「でもさぁ…休み時間、みんなと追いかけっこしてるよね」

「休み時間と体育の時間は違《ちが》うだろ！」

「違わないよ。思いっきり、走ってるじゃん」

カンちゃんはケンを覗《のぞ》き見てから言い切った。

「……」

交差する道路の青信号《あおしんごう》が、激《はげ》しく点滅《てんめつ》し始めた。横断歩道《おうだんほどう》の信号が赤から青に変わるのを確認《かくにん》してから、二人はゆっくりと歩き出した。

「じゃぁ、朝四時な……」

振《ふ》り返《かえ》らずにケンがそう言うと、横断歩道を駆《か》け足《あし》で渡《わた》っていった。


家路《いえじ》へと急ぎながら、ケンはさっきのカンちゃんの言葉を思い出していた。

確かにケンは、昼休みの時間にみんなと一緒《いっしょ》になって走り回っていた。体育《たいいく》の授《じゅ》業《ぎょう》に出席《しゅっせき》できる、からだであることはみんなも薄々《うすうす》勘付《かんづ》いている。出席しようと思えば、出席できるのかもしれない。ただ、医者《いしゃ》から運動を控《ひか》えるように言われていたことも事実《じじつ》だった。

ただそのことを口実《こうじつ》に、やろうと思えばできるかもしれない体育を休んでいることも、あながち嘘《うそ》とは言えなかった。

実際《じっさい》、今までに体育の授業に出席したことがないのだから、からだによくないと言い切ることもできなかった。

「なぜ、カンちゃんは僕に体育を休んでいる理由《りゆう》を訊《き》いてきたんだろう？」

家に帰り着き、風呂《ふろ》に浸《つ》かっている間もずっとケンはそのことばかりを考えていた。泡立《あわだ》った髪《かみ》を洗い流し、そっと湯船《ゆぶね》に浸かろうとしたそのとき、ケンは疑問が解《と》けたような気がした。

「ひょっとしたら、カンちゃんは、今まで一度も本気《ほんき》で怒《おこ》ったことがないから、本気で怒るのが怖《こわ》いのかもしれない。もし本気で怒って、すべてをさらけ出してしまったら、自分がみんなから相手にされなくなる。そのことを怖《おそ》れているんじゃないのか…」

ケンは、自分が体育の授業に出席しない理由について考えれば考えるほど、そんな気がしてならなかった。そう考えると、心の中にしっくりおさまりのよい感覚《かんかく》が広がっていくのを感じていた。

翌日《よくじつ》、朝三時半にセットした目覚《めざ》まし時計《どけい》のアラームで、目を覚《さ》ましたケンは、四時にカンちゃんの家に自転車《じてんしゃ》で向かった。

しかし、三〇分待っても、一時間待っても、カンちゃんは家から出てくる気配《けはい》はなかった。たまりかねたケンが、自転車のベルを何度も何度も鳴《な》らしても、何の反《はん》応《のう》もなかった。

結局《けっきょく》、その日、ケンは謎《なぞ》の鳥《とり》を見るのを諦《あきら》め、自宅に戻《もど》っていった。

一体《いったい》、謎の鳥は何だったのか？　あの日以来、二人は二度と謎の鳥のことを口にすることはなかった。

中学二年の二学期が始まる頃《ころ》、思春期《ししゅんき》を迎《むか》え、親離《おやばな》れしつつあったケンは、正一との会話《かいわ》も減《へ》り、一緒《いっしょ》に鳥海山《ちょうかいさん》に登《のぼ》りに行くこともなくなっていた。

そのことに、正一は一抹《いちまつ》の淋《さび》しさを感じていたが、あえて口や態度《たいど》に出すこともなく、父親としてケンを黙《だま》って見守《みまも》ることしかできないでいた。

一方《いっぽう》、ケンはカンちゃんや学校の友達《ともだち》と鳥海山や近くの山々への登山はつづけていた。

この日も、ケンはカンちゃんと一緒に鉾立登山口《ほこだてとざんぐち》に来ていた。ザックから缶《かん》コーラを一本取り出したケンは、プルトップを思いっきり引き開けた。

一気《いっき》に白い泡《あわ》が溢《あふ》れ出《で》て、見る見るうちに大地《だいち》にこぼれ落ちていく。ケンは飲み口にしゃぶりつこうともせず、そっとアルミ缶を傾《かたむ》ける。

白い泡と焦《こ》げ茶色《ちゃいろ》の液体をまるで釣《つ》り糸《いと》でも垂《た》らすように、たらたらとやさしく下草《したくさ》の上にこぼしていく。すべてが一つであることを心の深いところで念《ねん》じるように。

空《から》っぽになった空き缶をザックにしまうと、登山道《とざんどう》に向かって、ケンは掌《て》を合わせた。

「お守りください。どうか無事《ぶじ》に帰って来られますように…」

登山するときには、ケンは必ず好きな飲み物を持参《じさん》し、登り始める前に決まって大地に飲み物を供《そな》え、掌を合わせていた。

正一のするのを見様見真似《みようみまね》で憶《おぼ》えた儀式《ぎしき》を、登る前に、ケンはこれまで一度も欠《か》かしたことがなかった。

カンちゃんも、ケンのこの改《あらた》まった所作《しょさ》を茶化《ちゃか》さずに、黙ってやり過《す》ごしてくれていた。

第四章　初めての持久走競技大会《じきゅうそうきょうぎたいかい》

一九八一年三月　余目《あまるめ》第二中学校にて

中学三年も終《お》えようとしていた三月初《はじ》め。ケンは、カンちゃんと自宅近くにある八幡神社《やはたじんじゃ》の境内《けいだい》に来ていた。一週間後に行われる、学内の持久走競技大会《きょうぎたいかい》に備《そな》え、一緒《いっしょ》に練習するためだ。

月明《つきあ》かりが残雪《ざんせつ》を照《て》らし、神社の周囲は仄《ほの》かな光に包《つつ》まれていた。時折《ときおり》、耳に届《とど》くのは周囲の雑木林《ぞうきばやし》を吹《ふ》き抜《ぬ》けていく葉擦《はず》れの音。

素肌《すはだ》にあたる風は、次第《しだい》に冷たさから痛《いた》さに変わっていた。

「ケン、アドバンテージ一〇分でいいよな」

街灯《がいとう》の下で、足の屈伸《くっしん》を繰《く》り返《かえ》していたカンちゃんが、手首《てくび》に鉛《なまり》バンドをつけながら、どうでもいいように言った。

「五分？　俺《おれ》がスタートしてから五分後におまえがスタートか？　俺のこと気にし

なくてもいいぞ。勝手《かって》に走るから…。おまえは自分のペースで走れよ」

スニーカーの靴《くつ》ひもを結び直しながら、ケンは投げやりな口調《くちょう》で答えた。

「じゃ、勝手に走らせてもらうぞ」

ケヤキの巨木《きょぼく》が突風《とっぷう》で激しく揺《ゆ》れた。

「ビリだけは避《さ》けてぇなぁ…」

アキレス腱《けん》を伸《の》ばしながら、ケンは独《ひと》り言《ごと》のように呟《つぶや》いた。

「九年間ずっと体育《たいいく》の授業《じゅぎょう》を休んできたんだろ？　みんなと一緒《いっしょ》に走ろうなんて考えるなよ。まずは完走《かんそう》を目指《めざ》せよ！」

カンちゃんは、ヒンズースクワットを繰《く》り返《かえ》しながら、吐《は》き捨《す》てるように言った。

息《いき》は乱《みだ》れていない。

「……」

「女子に追《お》い抜《ぬ》かれても熱《あつ》くなるなよ。人は関係ないんだぞぉ。おまえの病気のことなんか知るはずもないんだから…。自分のために走ればいいんだぁ。笑《わら》う奴《やつ》には笑わせておけよ」

「確かに他の奴と比べて、自分が劣《おと》っていると悲観《ひかん》することは何一つない。小六の二学期まで体育《たいいく》の授業《じゅぎょう》を休み、中学の三年間はまともに運動してこなかったんだ。ただ自分のためだけに完走《かんそう》を目指《めざ》し、最後の最後まで走り通せばいい。それだけでいい。そうだ！　戦《たたか》わなければいけないない相手《あいて》は、この弱りきった自分なのかもしれない」

ケンは、心の中でそう自分に言い聞かせていた。

来週行われる持久走《じきゅうそう》は、中学での最後の体育となる。両親と主治医《しゅじい》に内緒《ないしょ》で、ケンが持久走競技の参加を決めたのは、昨年の秋、カンちゃんが秋のインターハイ一万メートル決勝《けっしょう》で優勝《ゆうしょう》を決めたことにあった。

ケンは幼《おさな》い頃《ころ》からずっと体力にコンプレックス（劣等感《れっとうかん》）を抱《かか》えながら生きてきた。一方《いっぽう》、幼い頃からいじめられっ子だったカンちゃんは、今では小学生時代の面《おも》影《かげ》はどこにも見受《みう》けられなかった。

カンちゃんが変わり始めたのは、中学に入ってすぐのことだ。中学に入学し、すぐに陸上部《りくじょうぶ》に入るとカンちゃんは、入部《にゅうぶ》初日《しょにち》から長距離《ちょうきょり》ランナーとして校庭《こうてい》や学校周辺《がっこうしゅうへん》を走っていた。

放課後《ほうかご》、カンちゃんが先輩《せんぱい》たちと校舎《こうしゃ》の周囲を走るのを、ケンは何度も目撃《もくげき》している。

定期テスト一週間前でも、文化祭《ぶんかさい》や体育祭《たいいくさい》のときも、ほとんど休むことなく、職員室から漏《も》れる灯《あかり》が消《き》える夜半《やはん》近くまで走っていた。まるで心深《こころぶか》くに沈《しず》んでいる熱《あつ》い塊《かたまり》を、ちょっとずつ吐《は》き出《だ》しているかのように。オレンジ色の夕日で染《そ》まった校舎の周《まわ》りをひたすら走りつづけた。

そんなカンちゃんは、中学二年、秋の県大会での一万メートル決勝で三位入賞《にゅうしょう》を果《は》たし、中学三年のインターハイでは、ついに優勝を勝ち取っていた。

「オマエ、変わったよなぁ…」

ヒンズースクワットをつづけているカンちゃんを見ずに、ケンは言《い》い難《がた》そうに訊《たず》ねた。

「……」

「どうしたらそんなに変われんだよ…」

「アキレス腱《けん》はしっかりと伸《の》ばしておいた方がいいぞ」

おい、シカトかよと、ケンが心の中で舌打《したう》ちをする。神社を囲む雑木林《ぞうきばやし》の葉擦《はず》れの音が聞こえた。静寂《せいじゃく》の重圧《じゅうあつ》から逃《のが》れるように、カンちゃんが口を開いた。

「自分のことを心底嫌《しんそこきら》いになったことあるか？　そんな自分をさ…忘《わす》れさせてくれるようなものと出合《であ》ったことあるかよ？　嫌《いや》なことすべてを忘れさせてくれるようなさ…」

「……」

「俺《おれ》は、それを見つけただけだよ」

ケンは、すぐに答えることができずにいた。

「ちょっと、からだ慣《な》らしてくっから…」

大きくジャンプを二回すると、カンちゃんは境内《けいだい》の階段《かいだん》を一気《いっき》に駆《か》け下《お》りていった。

今、カンちゃんの口にした言葉《ことば》の意味《いみ》が、ケンには不思議《ふしぎ》なくらい、しっくりと腹《はら》に落《お》ちていた。ケンにも夢中《むちゅう》になっているものがあったからだ。

中学の三年間、ケンは吹奏楽部《すいそうがくぶ》に所属《しょぞく》していた。入部《にゅうぶ》のきっかけは、小学六年生の秋、ケンがアキの参加する吹奏楽団《すいそうがくだん》の演奏会《えんそうかい》を聴《き》きに行ったときにあった。今まで見たこともないような高い天井《てんじょう》を備《そな》えたコンサート会場で、トロンボーン、サクソフォーン、フルート、クラリネット、トランペット、ホルン、チューバ、パーカッションから、まるで津波《つなみ》のように押《お》し寄《よ》せてくる音の渦《うず》にケンは完全に飲み込まれていた。これまで味《あじ》わったことのない、全身が揺《ゆ》さぶられるほどの大音響《だいおんきょう》の迫力《はくりょく》に心が震《ふる》えた。痺《しび》れを伴う感動が全身を貫《つらぬ》いていた。あの心の昂《たか》まりは、一生忘れようと思っても忘れることはできない。

放課後、トロンボーンを吹いているときが、その日一日、学校であった嫌《いや》なことをすべて忘れさせてくれた。

ケヤキの巨木《きょぼく》の葉が風で揺《ゆ》れ、冷たい北風がケンの肌《はだ》を通り過ぎていった。一瞬《いっしゅん》、ケンのからだに鳥肌《とりはだ》が走った。

「このままじゃ風邪《かぜ》をひいてしまうな。早く走ってからだを温《あたた》めないと…」

ケンは、一気に階段《かいだん》を駆《か》け下《お》りていった。

一週間後、晴《は》れ渡《わた》った春日和《はるびより》の日。校庭には真新《まあたら》しい白い体操着《たいそうぎ》に着替《きが》えたケンの姿《すがた》があった。その見慣《みな》れないケンの体操着姿は体育《たいいく》担当《たんとう》の高木先生を驚《おどろ》かせた。

出席簿《しゅっせきぼ》をもった高木が、心配そうにケンのもとに近寄《ちかよ》り、声をかけてきた。

「武田、本当に大丈夫《だいじょうぶ》か？」

「はい、大丈夫です」

ケンは緊張《きんちょう》を隠《かく》すかのように、膝《ひざ》の屈伸《くっしん》をしながら呟《つぶや》いた。

「そうか…、いいか、絶対に無理《むり》はするなよ。駄目《だめ》だと思ったら歩《ある》いて帰《かえ》ってこい、いいな！」

高木はそうとだけ言うと、ケンの肩《かた》に軽《かる》く手《て》を添《そ》え、すぐに立《た》ち去《さ》っていった。

高木の発《はっ》するピストルを合図《あいず》に、みんなが一斉《いっせい》にスタートを切った。

スタートと同時に飛《と》び出《だ》したのは、やはりカンちゃんだった。いきなり先頭《せんとう》に立つと、トップで正門《せいもん》を駆《か》け抜《ぬ》けていく。

ケンはスタート直後《ちょくご》から一人、また一人と次々に追《お》い越《こ》されていく。最下位《さいかい》になるのにそんなに時間はかからなかった。追い越していく女子を横目《よこめ》で見ながら、ケンはまっすぐに前方《ぜんぽう》だけを見て、「絶対《ぜったい》に最後まで歩かずに走りきる！」と何度も自分に言い聞かせるようにして走った。

地平線上《ちへいせんじょう》に昇《のぼ》り始めたばかりの日射《ひざ》しを浴《あ》びている庄内平野《しょうないへいや》が地平線まで広がっている。水田《すいでん》の中を貫《つらぬ》くように地平線に向かって農道《のうどう》がのびている。雪解《ゆきど》け水を含んだ風が頬《ほほ》にあたる。まだ風は冷たい。草と土の匂《にお》いで鼻《はな》がむせ返る。農具《のうぐ》を手にした年寄《としよ》りたちが立《た》ち止《ど》まり、一団《いちだん》が走《はし》り過《す》ぎるのをじっと眺《なが》めている。

遥《はる》か前方に聳《そび》え、真《ま》っ白《しろ》な残雪《ざんせつ》をかぶった鳥海山《ちょうかいさん》が、ケンを見守ってくれていた。

「お父《とう》ちゃんと登ってきた山が、見守《みまも》っている」

ひたすらケンは走る。東の空から上昇《じょうしょう》をつづける日射しを受け、不思議《ふしぎ》とからだが軽《かる》くなっていくのが自分でもわかる。先のことを考えず、一歩前に繰《く》り出《だ》す片脚《かたあし》だけに気持ちを乗せていく。

スースー、スースー、ハーハー、スースー、スースー、ハーハー

懐《なつ》かしいリズムだ。お父ちゃんに背負子《しょいこ》でおぶってもらった、あの日の思い出が甦《よみがえ》ってくる。

「ケン、いいか、歩きつづけていれば、いつかたどり着くことができるんだ！」

そう、走りつづけていれば、ゴールすることができる。心の中でそう叫《さけ》びながら、

ケンはただひたすら走る。一歩一歩に思いを乗《の》せながら、歩くことなく走りつづける。

ケンがどん尻《じり》でグラウンドに入ってきたとき、みんなから野次《やじ》混《ま》じりの拍手《はくしゅ》で迎《むか》えられた。ラスト一周《いっしゅう》、グランドを走っているとき、みんながケンを人並《ひとな》みだと認《みと》めてくれたことより、最後まで一度も歩かずに走り通せたことが、ケンにとっては何よりも嬉《うれ》しかった。

第五章　ある登山家《とざんか》の孤独《こどく》

一九八三年三月　庄内の自宅にて

山形県下《やまがたけんか》有数《ゆうすう》の進学校に、ケンは高校入学を果《は》たした。幼少、小学、中学とずっと悩《なや》まされつづけてきた病弱《びょうじゃく》なからだのもち主《ぬし》というレッテルを払拭《ふっしょく》するために、今まで貯《た》め込《こ》んできたつけを一気《いっき》に返済《へんさい》するかのように、しゃかりきになって体力を回復《かいふく》させていった。

腕立《うでた》て伏《ふ》せ二百回、腹筋《ふっきん》三百回、ヒンズースクワット五百回、五キロのジョギングは毎日の日課《にっか》となっていた。

小・中学校時代、ケンの成績《せいせき》はいつもトップクラスの方だったが、高校に進んでからは、部活動や体力づくりに夢中《むちゅう》になりすぎてしまっていた。その結果、定期テストで赤点《あかてん》をもらってくることもしょっちゅうで、成績は一向《いっこう》に振《ふ》るわなくなっていた。

高校二年も終わろうとしていた、ある日のこと、ケンが学校から帰ると自宅の上《あ》がり框《がまち》のところに二十九センチはあろうかと思われる大きな登山靴《とざんぐつ》と容量《ようりょう》八十リットルサイズのザックが置《お》いてあるのに気がついた。

奥《おく》の応接間《おうせつま》から聞こえてきたのは、二人の大人《おとな》の笑《わら》い声だった。ケンが部屋を覗《のぞ》くと正一と、その元教《もとおし》え子であり、登山家の寺岡《てらおか》富美男《とみお》がビールの入ったグラスを傾《かたむ》けていた。

寺岡はこれまでにも幾度《いくど》か自宅に訪《たず》ねてきて、一緒《いっしょ》に話をしたことはあったが、これほど大きな荷物《にもつ》をもってきたのは初《はじ》めてのことだった。

ヒグマのような巨体《きょたい》をもつ寺岡は、今日、南米《なんべい》の登山から帰ってきたばかりだと雪焼《ゆきや》け顔に白い歯《は》を光らせながら教えてくれた。

「ケン坊《ぼう》、しばらく見ないうちに大きくなったな。今、何年生だ?」

相変わらず、ぶっきら棒《ぼう》な物言《ものい》いは変わっていなかった。一見《いっけん》、ずけずけと言《い》いたい放題《ほうだい》に話すように見えるが、時折《ときおり》、神経質《しんけいしつ》そうに言葉《ことば》を選びながら真剣《しんけん》な眼差《まなざ》しで語ってくれる寺岡をケンはあながち嫌《きら》いではなかった。

初めて寺岡を見たとき、雪焼けした肌《はだ》に口髭《くちひげ》と身長一八五センチある巨漢《きょかん》に圧倒《あっとう》されたものだった。

少年のような澄《す》み切《き》った瞳《ひとみ》と優《やさ》しそうな目尻《めじり》、どことなく人をほっとさせる人柄《ひとがら》にケンは好感《こうかん》をもっていた。

「今度、高二……」

ケンが、照《て》れながらわざとぶっきらぼうに答えると、

「そうかぁ！　もうそんなになったか！」

寺岡は、頭からつま先まで舐《な》めるように見ながら、満面《まんめん》の笑《え》みで答えてくれた。

近年《きんねん》、寺岡は単独登攀《たんどくとうはん》に挑《いど》んでいると話してくれた。

頂上《ちょうじょう》まで六百メートルを残す地点《ちてん》が、今までで一番厳《きび》しい登山だったことを、身《み》を乗《の》り出《だ》しながら、大仰《おおぎょう》なジェスチャー混《ま》じりで熱《あつ》く語り始めた。

「垂直《すいちょく》に切《き》り立《た》った氷《こおり》の壁《かべ》をよじ登っているだろ！。いや、ありゃ、頭上《ずじょう》はぼっこり膨《ふく》らんだ氷の壁のようになっていたなぁ…、上を見上げても見通《みとお》せない、垂直以上の壁をよじ登っていくんだ！。とにかく昼すぎまでに登らなければ、キャンプま

で戻ってくることはできない。あんなに早く登ったことはないってくらい、早く登ったぞ。

でも、少しでも油断《ゆだん》すると狭《せま》い稜線《りょうせん》（山の峰《みね》と峰を結《むす》ぶ線）から、谷底《たにぞこ》にまっさかさまだ。

狭い稜線では、ものすごい強風《きょうふう》が吹《ふ》き荒《あ》れていたんだ。千切《ちぎ》れるような雲《くも》が山側から谷側へと流れるように飛《と》び去《さ》っていくのがはっきり見えた。稜線から頭を出した途端《とたん》、いきなりだよ。ひゅー、ひゅーって悲《かな》しげな風音《かざおと》をたてながら顔面《がんめん》に襲《おそ》いかかってきた。その風音がすさまじい。あの音は聞いてみた者でないとわからない。

稜線上に立ち上がろうとすると、強風にからだをもっていかれそうになったよ。風にあおられたら一巻《いっかん》の終わりだ。六百メートル下の岩にからだを叩《たた》きつけ、さらに山肌《やまはだ》を三千メートル近く転《ころ》げ落《お》ちてしまう。

立っていられないので、亀《かめ》のように四《よ》つん這《ば》いになりながら、稜線を頂上に向かって、慎重《しんちょう》に少しずつ登っていくんだ。

ほんの少しの気《き》の緩《ゆる》みが死に到《いた》ってしまう。周囲の景色《けしき》を見る余裕《よゆう》なんてなかった。前に繰《く》り出《だ》す手足だけにすべての意識《いしき》を向けていった。

するると、頂上を示す高さ一メートルくらいの白いポールが岩と岩との間から見えたんだ。白い布切《ぬのき》れに巻《ま》かれたポールだった。白い布をなびかせているポールをしっかりと握《にぎ》り、群青色《ぐんじょういろ》の澄《す》みきった空の下に立《た》ち尽《つ》くした。やっと山頂《さんちょう》を踏破《とうは》したと実感《じっかん》したよ。嬉《うれ》しさというよりほっとした感じに近かったな。三六〇度どこを見回しても視界《しかい》を遮《さえぎ》る山並《やまな》みはなく、足元はほとんど垂直に見下《みお》ろせた」

寺岡は、一気《いっき》に語った。

「なぜ独《ひと》りで、登ったりするの？　怖《こわ》くないの？」

ケンは、なんとなく訊《き》いてみたくなって、訊《たず》ねてみた。

「もちろん怖いさ。でも、その恐怖《きょうふ》が俺《おれ》に勇気《ゆうき》を与《あた》えてくれる！」

「……」

「何百メートルもの断崖《だんがい》の岩壁《がんぺき》をよじ登っているだろ。ほんの少しだけ指の力を抜いたり、岩に掛《か》ける足の位置を掛け間違《まちが》えたりしただけで何百メートル下にまっさかさまだ。そんな極限状況《きょくげんじょうきょう》っていうのは…、現実《げんじつ》とは違《ちが》った世界を見せてくれる。

それは頭で理解《りかい》するようなことではなく、からだで感じることなんだ。他と比《くら》べたりせずに、自分の目や手足で感じ取ったものをそのまま素直《すなお》に受《う》け入《い》れるしかない。

　すると、感じるものが自分のすべてであるかのような気になってくる。これは言《こと》葉《ば》なんかでは言《い》い尽《つ》くせないくらい、最高《さいこう》に気持《きも》ちいい状態《じょうたい》だ」

「ひとりになると、そう感じられるようになるの？」

「そう。自分の弱点《じゃくてん》でもあった孤独感《こどくかん》が、自分の大きな武器《ぶき》に変わる」

　登頂《とうちょう》の祝《いわ》い酒《ざけ》を昼からいささか飲《の》み過《す》ぎたらしい。正一は寺岡の話を訊《き》いているうちに、居間の椅子《いす》に腰掛《こしか》けたまま、いつのまにか揺《ゆ》りかごのように、こっくり、こっくりと頭を上下《じょうげ》させている。

　寺岡の話に夢中《むちゅう》になっていたケンは、以前から一度訊《き》いてみたいと思っていたことを思い切って訊《たず》ねてみた。

「寺さんは、どうして山登りを始めたの？」

「きっかけか…」

　半分ほどグラスに残っていたビールを一気《いっき》に飲み干《ほ》すと、意《い》を決《けっ》したように語り始めた。

「自慢《じまん》できる話じゃないんだがな…、きっかけはな…女《おんな》に振《ふ》られたからだよ」

そう言い終わると、高笑《たかわら》いしながら自分でグラスにビールを注《つ》ぎ足《た》した。

「高校三年のとき、生まれて始めて付《つ》き合《あ》った彼女《かのじょ》がいた。それも相手から告白《こくはく》されたんだぞ。まあ、その頃《ころ》の俺《おれ》はすごく奥手《おくて》だったから、なんとなくそういったのりで付き合うようになった。でも、毎日のように顔を合わせていくうちに、もう知らないうちに俺の方がその女に夢中になっていってな…。それからは二人でいることが楽《たの》しくて、楽しくて、こんな楽しい世界《せかい》があったのかと思うくらいに彼女を好《す》きになっていったよ。

でも、初恋《はつこい》なんていうのは、そう長くはつづくもんじゃない。

三ヶ月目から、なんとなく彼女の様子がおかしくなってきた。なにかと理由《りゆう》をつけては俺のことを避《さ》けるようになっていった。

このままじゃ、自然消滅《しぜんしょうめつ》かっていう状態がつづいたんだけど、その頃の俺は若かったから、好きになっちまったら後先《あとさき》なくなっていてな…。別《わか》れる理由を訊《き》こうにも、彼女はもう会おうとすらしてくれなかった。ついに、友達に頼《たの》んで呼《よ》び出《だ》してもらった。

そこで、初めて彼女から別《わか》れ話《ばなし》を打《う》ち明《あ》けられたんだ。

突然、起こった雪崩《なだれ》のように、ものすごい悲《かな》しみと孤独感《こどくかん》で奈落《ならく》の底《そこ》に突《つ》き落《お》とされたような感じだった。頭が真《ま》っ白《しろ》になってな…、なにをどう話していいやら訳《わけ》がわからなくなって…、しばらく沈黙《ちんもく》がつづいたんだ。

俯《うつむ》いていた顔を上げ、ふと彼女を見ると腕時計《うでどけい》を見ながら時間を気にしていたよ。

それを見た瞬間《しゅんかん》、心にポッカリと大きな穴《あな》があいたように感じた。

それから、何日も何日も眠《ねむ》れない夜がつづいて…。夜、一人になると彼女のことを思い出してしまってな…。眠くもないのに布団《ふとん》にくるまって、恥《は》ずかしい話だが、ほとんど毎日のように泣《な》き明《あ》かしていたよ。

彼女に対する思いが減《へ》るどころか、なんとかよりを戻《もど》せないかと往生際《おうじょうぎわ》の悪《わる》い自分がいてなぁ…。ほんと若気《わかげ》の至《いた》りってやつだな。もう一人の自分が、彼女を離《はな》そうとしなかった。このままでは自分が完全《かんぜん》に駄目《だめ》になっていってしまう。いや、もうすでに駄目になっていたのかもしれない。

深い絶望《ぜつぼう》と泣《な》き叫《さけ》びたいほどの孤独と淋《さび》しさに襲われていた。

誰か！　どうにかしてくれ！　この俺を！　いや、どうにかしてこの最悪《さいあく》の状態から抜《ぬ》け出《だ》さなければいけない！　と足掻《あが》いていたときだった。

その頃《ころ》からだ、もっと精神的《せいしんてき》に強くなりたいと、真剣《しんけん》に考えるようになっていったのは……。

その頃、たまたま本屋で植村《うえむら》直己《なおみ》の『青春を山に賭《か》けて』を見つけたんだ。

その本は俺に、とってくれ！　と言わんばかりの光を放《はな》っていた。信じられないかもしれないが、本当にそう見えたんだ。たくさんの本が陳列《ちんれつ》されている中で、不《ふ》思議《しぎ》とその本しか見えなかった。

『僕《ぼく》は他の人と比べて体力がなかったから、大学の山岳部《さんがくぶ》の人たちと一緒《いっしょ》に登るとみんなに迷惑《めいわく》をかけてしまう。だから、単独《たんどく》で登るようにした』

世界の植村も、その本の中で何らかの劣等感《れっとうかん》を抱《いだ》いていたことを明《あ》かしていた。

その本のお陰《かげ》で、俺は、劣等感をバネにして世界の植村が誕生《たんじょう》したことを知った。

読み終えてから、俺は深い孤独《こどく》を背負《せお》った自分と向き合っていこうと決めたんだ。

〝果《は》たして、俺は山登りを通して、ひとりで生きていくことの淋《さび》しさや悲《かな》しさを乗《の》り越《こ》えられるのか？　それとも、平伏《ひれふ》してしまうのか？〟に賭《か》けてみたくなったんだ。それに勝利《しょうり》をしたとき、初めて自分自身の足で大地《だいち》にしっかりと立って、生きていけるんじゃないかと思ったんだ」

居間の窓《まど》から見える夕空が、赤く染《そ》まっていた。遠くの方で豆腐屋《とうふや》が哀《かな》しい音色《ねいろ》を響《ひび》かせながら通り過ぎていった。寺岡は目を潤《うる》ませながら、熱《あつ》く語ってくれた。

「これほど自分をさらけ出して、熱く語ってくれた大人《おとな》を見たことがない」

寺岡の話を聞きながら、ケンは、ぎゅっと心臓《しんぞう》を鷲掴《わしづか》みにされるほどに、喉元《のどもと》から込《こ》み上《あ》げてくるものがあった。

高校一年の若造《わかぞう》に、ここまで自分のかっこ悪《わる》さや駄目《だめ》さ、弱《よわ》さを洗《あら》いざらい話してくれたことに心が震《ふる》えた。

寺岡のように強くなりたい、とケンは心底《しんそこ》思った。正一とはまた違《ちが》った逞《たくま》しさを教えてくれているような気がしてならなかった。

「山登りする前と後では変わった？」

ケンは、少し遠慮気味《えんりょぎみ》に訊《き》いてみた。

「変わったところもあれば、変わらないところもあるな」

「どう変わったの？」

「そうだな…、精神的に強くなったぞ。それは確《たし》かだ。かりに絶望的《ぜつぼうてき》な状況に陥《おちい》ったとしても、決して自分を見失《みうしな》わず、コントロールできるようになった。そのときほど自分自身が試《ため》される瞬間《しゅんかん》はない。パニックにならずに、あるがままの状況を受け入れ、冷静《れいせい》になって様々《さまざま》な選択肢《せんたくし》の中から正しい判断を下さなければいけない。登っていて足を滑《すべ》らせたり、拳《こぶし》ほどの雪の塊《かたまり》を下に落としてもいけない。わずかな衝撃《しょうげき》で雪崩《なだれ》を引き起こしてしまう。

それには岩、雪、雲、風を全身で感じるようにならなければいけない。つまり、すべてのものと一体《いったい》となるってことなんだ。

あの感覚《かんかく》は、自由そのものだ。都会《とかい》の中で感じられる淋《さび》しさや悲《かな》しさが、山にいると不思議《ふしぎ》と喜《よろこ》びに変わる」

寺岡は何かを思い出しながら、一つひとつ確認《かくにん》しているように話しつづけた。

「想像《そうぞう》つかないなぁ…」

「テントの中で横になっているときに起《お》こるんだ。突然《とつぜん》、からだが宙《ちゅう》に浮《う》いたように軽《かる》くなる。疲労感《ひろうかん》と至福感《しふくかん》が、打《う》ち寄《よ》せる小波《さざなみ》のように交互《こうご》にやってくる。そうすると、自分がからだから離《はな》れてテントの天井《てんじょう》に浮かんで、もう一人の自分を見下《みお》ろしているように感じられる。

そう、そう言えば、こんなことが前にあった。八時間以上も登りつづけて、岩棚《いわだな》の上にからだを投げ出すように横になり、疲労困憊《ひろうこんぱい》から思考力《しこうりょく》もなくなっていたときだった。突然《とつぜん》、一人の女《おんな》に見守られている気配《けはい》を感じたんだ。でも、テント内を見回《みまわ》しても誰《だれ》もいない。それでも、女の気配は確《たし》かに感じられた。あれは、決《けっ》して夢《ゆめ》なんかではないことだけは確かだ。

ピッケルで向《む》こう脛《ずね》を軽く突《つ》くと激痛《げきつう》が走ったからわかる。疲労感と共に強い現実感を伴《ともな》ったものだった。

昔、父方の祖父《そふ》から東北の山の神様について話を聞かされたことがあった。山での猟《りょう》を生業《なりわい》とするマタギたちは、山の神様をとても崇《あが》めている。昔から山の神様は女で、嫉妬《しっと》深いと言われていた。だから、入山するときには、数日前から女との関係を断《た》ってから山に入らないと山の神様に嫉妬され、猟の成功を望めないどころか、雪崩《なだれ》に遭《あ》うとも聞いたことがあった。

俺《おれ》は傍《かたわ》らにいる女を感じながら、マタギの話を思い出していた。ひょっとしたら俺に語りかけようとしている、この女は山の神様なのだろうかって…。もし怒《おこ》らせでもしたら雪崩を引き起こされるかもしれない。阿呆《あほ》らしい話に聞こえるかもしれないが、そのときの俺は真剣《しんけん》だった。本当に、その話を信じていたよ。しかも、その女が傍《そば》にいる感じというのが、俺にとって、不思議《ふしぎ》と安心感も与えてくれていた。自分が今、どこにいるのか？　自分以外はみな幻《まぼろし》にしかすぎないということは、頭ではわかっていた。

あの体験から、俺はこの世には理屈《りくつ》では説明《せつめい》のつかない現実《げんじつ》があることを一つの事実《じじつ》として受け入れるようになっていった。非科学《ひかがく》とされているものについて偏見《へんけん》や常識《じょうしき》に縛《しば》られず、現象《げんしょう》だけに目を向けていこう、と考えるようになった」

「例《たと》えば…」

「そうだなぁ…臨死体験《りんしたいけん》、前世《ぜんせ》、予知夢《よちむ》、霊魂《れいこん》、シャーマンと、科学で解明《かいめい》されていない現象《げんしょう》などかな…」

「シャーマンって？」

「シャーマンというのは、太古《たいこ》から今でも存在すると言われている呪術師《じゅじゅつし》のことだ。今で言えば、霊媒師《れいばいし》、イタコ、ユタ…。死者の魂《たましい》と交信《こうしん》し、そのメッセージをみんなに伝えたり、病をお祈りで治したり、太古では原住民たちの収穫時期を占ったりする人たちのことだ。

俺は、宇宙《うちゅう》に存在《そんざい》するエネルギーを、社会のために活用《かつよう》する術《すべ》を知っていた人のことだと思っている。例えば、シベリア地方では今でも鷲《わし》を精霊《せいれい》と崇《あが》めているシャーマンたちがいる。その人たちの間では、精霊に祈りを捧《ささ》げれば、自分の命と引《ひ》き換《か》えに祈りが叶《かな》うとも信じられている。これは本の受け売りだけどな！」

寺岡は巨体《きょたい》を振《ふ》るわせながら豪快《ごうかい》に高笑《たかわら》いをすると、ビールを一気《いっき》に飲《の》み干《ほ》した。

「いいか！　ケン坊《ぼう》、若いときにしかできないことは、今のうちにしっかりとやっておいた方がいいぞ！　勉強なんていうのはなぁ、歳《とし》をとってからいくらでもやれるんだ！　でも、からだはそうはいかない。だから、からだを鍛《きた》えるんだったら、今しかないぞ！」

寺岡は、ケンの目をしっかりと見ながら、一言《ひとこと》一言《ひとこと》はっきりと聞こえるように語ってくれた。

寺岡の話を聞いていると、不思議《ふしぎ》とからだの余分《よぶん》な力が抜け、何かからだをきつく締《し》めつけていたものが、するすると足元《あしもと》にずり落ちていくような感覚《かんかく》を全身で味《あじ》わっていた。まるで重くて分厚《ぶあつ》い心の扉《とびら》が開き、目の前に果《は》てしなく光《ひか》り輝《かがや》く世界が開かれていくようでもあった。あるいは、過酷《かこく》な現実の世界から解《と》き放《はな》たれた、それはまるで願いを叶《かな》えてくれるファンタジーの世界を垣間《かいま》見せてくれているような感覚に包《つつ》まれていた。

広大無辺《こうだいむへん》の宇宙に浮《う》かぶ地球《ちきゅう》に、その地球上に位置《いち》する日本列島《にほんれっとう》に、そして、その日本列島の山形県《やまがたけん》庄内町《しょうないまち》の一軒家《いっけんや》にケンが存在している、というリアルさを全身ではっきりと感じとっていた。

第六章　新天地《しんてんち》、仙台《せんだい》へ…

一九八四年十二月　仙台にて

高校三年に進級《しんきゅう》すると、学年全員《ぜんいん》が一斉《いっせい》に受験《じゅけん》モードに突入《とつにゅう》していった。

そんな中、将来《しょうらい》、就《つ》きたい職業《しょくぎょう》を決めなければならなかったケンは、何の迷《まよ》いもなく、小児科《しょうにか》の医師《いし》になると決めていた。

子どもの頃《ころ》から病気《びょうき》で苦《くる》しんできた経験《けいけん》から小児科医になって、病気で苦しむ子どもたちをひとりでも多く救《すく》ってあげたいと考えていたからだ。

「薬品臭《やくひんくさ》い病室《びょうしつ》のベッドで寝《ね》ている子どもたちの気持《きも》ち。あの思いは実際《じっさい》に体験《たいけん》したものでなければ分《わ》からないよ」

大学受験《だいがくじゅけん》も押《お》し迫《せま》った十二月の末《すえ》、ケンは高校一年から三年間、交際《こうさい》をつづけてきた見城清子《けんじょうきよこ》からの連絡《れんらく》が突然《とつぜん》に途絶《とだ》えてしまっていることに思《おも》い悩《なや》んでいた。

なぜ連絡《れんらく》が来《こ》なくなってしまったのか。

連絡が途絶えてしまっている理由《わけ》を、彼女からは何も訊《き》かされずにいた。考《かんが》え抜《ぬ》いた言葉《ことば》を記《しる》したメモを手元《てもと》におき、ケンは、決まった時間に彼女《かのじょ》の自宅に何度、電話《でんわ》を入れても、いつも留守《るす》だった。居留守《いるす》を使《つか》っているのは明《あき》らかだった。彼女のことはもう忘《わす》れよう、忘れてしまって、受験勉強《じゅけんべんきょう》に集中《しゅうちゅう》しようと思ってはみるが、どうしても彼女と交《か》わした言葉が頭から離《はな》れることはなかった。

「ケン君って、優《やさ》しすぎる！」

「本当は私のこと、ばかにしてるでしょ」

「なんですぐ謝《あやま》るのよ？」

「ぜんぜん私の話、訊《き》いてないでしょ…」

ケンが受験勉強を始めようと机《つくえ》に向《む》かい、テキストを広げてみても、気がつくとそれまで彼女にもらった手紙《てがみ》を読《よ》み返《かえ》していた。語り合った一言《ひとこと》一言《ひとこと》を記憶《きおく》の隅《すみ》からひっぱり出すことを繰《く》り返《かえ》していた。

「俺《おれ》、小児科の医者に絶対になる！　小児科の医者になって、からだの弱《よわ》い子どもたちの役に立ちたいと思っているんだ。病室にひとり閉《と》じこもっている子どもたちの気持ちは、体験したものじゃないとわからない！　そんな子どもたちのためになる仕事《しごと》がしたいんだ！」

「すてきじゃない！　一緒《いっしょ》にがんばりましょ！」

次々と妄想《もうそう》が浮《う》かんでは消《き》えていった。

「このままじゃ、まったく勉強《べんきょう》が手につかないよ。一体《いったい》どうすればいいんだぁ…。頭《あたま》が変《へん》になりそうだ。よし！　今から、清子の家に行って、別《わか》れた理由《わけ》を訊《き》きにいこう。カンちゃん、つきあってくれ！」

ケンの家《いえ》に遊《あそ》びに来ていたカンちゃんに、打《う》ち明《あ》けたこともあった。

カンちゃんは、中学卒業後《ちゅうがくそつぎょうご》、五年制《ごねんせい》の工業高等専門学校《こうぎょうこうとうせんもんがっこう》に進学《しんがく》し、まだ二年間の在学期間《ざいがくきかん》を残《のこ》していた。

「ほんとにいくのか？　もし会ってくれなかったらどうするんだよ」

「会ってくれるまで、毎日、家に行く！　駅《えき》でも、正門前《せいもんまえ》でも、どこへでも行って、待《ま》ち伏《ぶ》せるんだぁ…いやぁー、やっぱりそんなことできないよ！　どうしたらいいんだぁ…くそぉー、絶対《ぜったい》、医者《いしゃ》になってやる！　医者になって彼女を見返《みかえ》してやる！」

悶々《もんもん》とした日々が、入学試験《にゅうがくしけん》の前日までつづいた。試験当日《とうじつ》、ケンはすべての試験の終了時間《しゅうりょうじかん》を待《ま》たずに会場《かいじょう》をあとにしていた。

結局《けっきょく》、彼女に振《ふ》られ、受験《じゅけん》した大学《だいがく》もすべて不合格《ふごうかく》。一浪目《いちろうめ》は予備校《よびこう》にも通《かよ》わずに自宅浪人生活《じたくろうにんせいかつ》を決《き》めていた。

多くの友達がみな大学進学や就職《しゅうしょく》を決め、地元《じもと》を離《はな》れていく中《なか》、ケンの家に遊びに訪《おとず》れる友達はほとんどいなくなっていた。

初《はじ》めて経験《けいけん》する自宅浪人生活は、ケンにとってかなり過酷《かこく》な生活を強《し》いるものとなった。

浪人一年目の春も過《す》ぎ、梅雨《つゆ》にさしかかろうとしていた頃《ころ》、ケンは、春から気合を入れて挑《いど》んだ計画も思い通りに捗《はかど》らず、昼近くまで眠《ねむ》ってしまうような怠惰《たいだ》な毎日を送《おく》っていた。

そういった自分への苛立《いらだ》ちを、どこにぶつけていいものか分《わ》からないでいた。

そんなある日の朝、自宅の庭では、池の補修工事《ほしゅうこうじ》をするために職人《しょくにん》たちが、朝から池のコンクリートを壊《こわ》し、新《あら》たなコンクリートを流《なが》し込《こ》む作業《さぎょう》の準備《じゅんび》に取《と》り掛《か》かっていた。

夜遅《よるお》くまで勉強《べんきょう》をつづけていたケンは、いつものようにひとり遅《おそ》い朝食《ちょうしょく》をとり、自分の部屋《へや》でなかなか思うように捗《はかど》らない古文《こぶん》の問題を解《と》いているときだった。

ドッ、ドッ、ドッ、ドッ、ドッ、ドッ

突然《とつぜん》、窓ガラスを震《ふる》わすほどの震動《しんどう》と爆音《ばくおん》に襲《おそ》われた。地面を叩《たた》く地響《じひび》きが足元《あしもと》から突《つ》き上《あ》げてくる。補修工事《ほしゅうこうじ》のことなど知らされていなかったケンは、部屋を飛び出し、音のする庭に駆《か》け出《だ》していった。

職人《しょくにん》たちが油圧式《ゆあつしき》ドリルでコンクリートを打《う》ち砕《くだ》いている。

ドッ、ドッ、ドッ、ドッ、ドッ

耳を塞《ふさ》いでいないと頭の芯《しん》まで打ち砕かれそうな爆音だ。

こんな状態では勉強どころではなく、すぐに非番《ひばん》で家にいた綾子《あやこ》のもとに駆《か》け寄《よ》った。

「母《かあ》ちゃん、勉強できないよ！　すぐにやめさせてくれないか！　自分の頭を殴《なぐ》られているように、手術《しゅじゅつ》したところがずんずん響《ひび》くんだよぉ！」

「言わなかったけど、池《いけ》の水がもれていたから直《なお》してもらっているのよ。すぐに終わるから…」

台所《だいどころ》で洗《あら》い物《もの》をしていた綾子は、振《ふ》り返《かえ》らずに皿《さら》を洗いながら言った。

「ほんとだね、すぐに終わるんだね」

ケンは一旦《いったん》自分の部屋に戻《もど》ると、耳の穴《あな》に耳栓《みみせん》を入れ、その上にタオルを巻《ま》き、耳の穴を塞《ふさ》いだ。が、それでも否応《いやおう》なく爆音がタオルと耳栓を通《とお》り抜《ぬ》けてくる。

一時間経《た》っても、二時間経っても一向《いっこう》に爆音がとまる気配《けはい》はなかった。ついにケンは何度何度も同じ一文《いちぶん》を読《よ》み返《かえ》すだけになっていたテキストを窓ガラスに思《おも》いっきり投《な》げつけた。

「どいつもこいつもバカにしやがってぇ…。うるさいっていってるだろぉ！　やめてくれぇー。頭を殴られているように響くっていっているだろぉ！」

コンクリートを砕《くだ》く震動と爆音で小刻《こきざ》みに震えている窓ガラスに向《む》かって、ケンは肩《かた》を震《ふる》わせ叫《さけ》んでいた。


その年の受験《じゅけん》も、すべて失敗《しっぱい》に終《お》わった。

二浪目《にろうめ》を決《き》めた日、ケンは六千円足《た》らずの所持金《しょじきん》をもって、家を飛《と》び出《だ》していた。

午後五時十分、ケンを乗《の》せた仙台《せんだい》行きの高速《こうそく》バスは、鶴岡《つるおか》バスターミナルを出発《しゅっぱつ》し、山形《やまがた》の東北自動車道《とうほくじどうしゃどう》をひた走っていた。

ケンは頭を窓ガラスにもたれながら、一年間の宅浪生活《たくろうせいかつ》を思い返していた。

「このままじゃ駄目《だめ》だ！　思《おも》い切《き》って、生活を大きく変《か》えなければ…。もうこれ以上、食事《しょくじ》、洗濯《せんたく》、風呂《ふろ》、なにからなにまで親に生活の面倒《めんどう》を見てもらっていては自分が駄目《だめ》になっていく。こんな親任《おやまか》せの浪人生活をつづけている限《かぎ》り、いつまでたっても医学部《いがくぶ》に合格《ごうかく》なんかできやしない。もっと自分を追《お》い込《こ》まなければ駄目だ！

山形を離《はな》れて、自活《じかつ》しよう！

そのために、まずは仙台《せんだい》の予備校《よびこう》に入ろう。その前に両親《りょうしん》に頭を下げて、予備校に通《かよ》わせてもらえるようにお願《ねが》いしてみなければ…。規則的《きそくてき》な生活を送るためにも、予備校に通い、ライバルからの刺激《しげき》を受けながら、合格《ごうかく》するための受験《じゅけん》テクニックを身につけなければ、医学部合格は果《は》たせない！」

車窓《しゃそう》から過《す》ぎゆく鶴岡の市街地《しがいち》のどこを見ているわけでもなく、ボーッと眺《なが》めながら、心密《こころひそ》かに誓《ちか》うのであった。

午後九時半、高速《こうそく》バスは、仙台駅前《えきまえ》に到着《とうちゃく》した。

「仙台駅ってでっかいなぁ。鶴岡駅《つるおか》とは比《くら》べものにならないや！」

仙台駅西口前のロータリー上に造《つく》られたペデストリアン・デッキ（歩行者回廊《ほこうしゃかいろう》）のベンチに座《すわ》って、ケンは仙台駅周辺《しゅうへん》を眺《なが》めながら心の中で呟《つぶや》いていた。

午後十時を過ぎても、仙台駅前のアーケード街《がい》は合《ごう》コン帰《がえ》りと思われる大学生の一団《いちだん》や腕《うで》を引《ひ》っ張《ぱ》られながら店内《てんない》に入っていくサラリーマンが行き来していた。アーケード街には多くの牛タン店が軒《のき》を連《つら》ね、炭火《すみび》で焼《や》く牛《ぎゅう》タンの香《こう》ばしい匂《にお》いと音に心奪《こころうば》われていた。

「くぅ〜、うまそうだなぁ…」

ケンは鶴岡駅を出発《しゅっぱつ》してから何も食べていなかった。しかも、所持金《しょじきん》は三千円足《た》らずしか残っていない。酒田に戻《もど》るためには、もう一銭《いっせん》も遣《つか》うことはできなかった。

「しかたない。今夜は空腹《くうふく》のまま、アーケード街の店頭《てんとう》で寝《ね》るしかないか」

天丼屋《てんどんや》の店先に積《つ》んであった段《だん》ボールを引き抜き、冷たいリノリウムの上に敷《し》いた。アーケードを吹き抜《ふ》け《ぬ》る夜風《よかぜ》を避《さ》けるために、段ボールで囲《かこ》いを作ってみた。

ケンは生まれて初《はじ》めてひとりで庄内町《しょうないまち》を離《はな》れ、新天地《しんてんち》の仙台まで来ていた。このことは、ケンにとっては、ささやかな一歩であっても、自立《じりつ》した大人《おとな》にほんの少しだけ近づけたという充実感《じゅうじつかん》を味《あじ》わうには十分だった。

一切余計《いっさいよけい》なことを考《かん》えず、とりあえず疲《つか》れきっているからだを段《だん》ボールの上に投《な》げ出《だ》すようにして横《よこ》になった。すると、植物油《しょくぶつあぶら》の匂《にお》いがぷんと鼻《はな》にからみついてきた。首《くび》をひねると段ボールの角《かど》から黒《くろ》く広《ひろ》がっている油《あぶら》の染《し》み跡《あと》が目についた。まるで黒い染みがケンの心に浸食《しんしょく》してくるような惨《みじ》めな気持《きも》ちに襲《おそ》われた。

段ボールの隙間《すきま》から入り込んでくる凍《い》てついた夜風《よかぜ》が首筋《くびすじ》に吹《ふ》きつけてくる。

「人はこうやって路上生活者《ろじょうせいかつしゃ》になっていくのかもしれない」と、ケンはふと物思《ものおも》いにふけったりもした。先の見えない将来《しょうらい》に対する不安《ふあん》と空腹《くうふく》も手伝《てつだ》い、段ボールに貼《は》りついているガムテープを意味《いみ》もなく剥《は》がしながら眠《ねむ》りについた。

かすかに薄《うす》れゆく意識《いしき》の中で、アーケード街《がい》を歩く、通行人の足音が耳元《みみもと》で疎《まば》らになっていく。そのときだった。

「ちょっと君《きみ》…」

男《おとこ》の声《こえ》で起《お》こされた。

「こんなところで寝《ね》ると風邪《かぜ》ひくよ…」

上体《じょうたい》を起《お》こし、ケンは消《き》えていく自意識《じいしき》と格闘《かくとう》しながら周囲《しゅうい》を見回《みまわ》した。すると、スーツを着こんだ五十代前半のおじさんに呼《よ》び起《お》こされていた。

先ほどまで通行人で行《い》き交《か》っていたアーケード街は、ひとり千鳥足《ちどりあし》で歩《ある》いているサラリーマンしか見当《みあ》たらなかった。

「はぁ…？」

「地元《じもと》の人でもなさそうだし、君、どこから来たの？」

鼻にかかる優《やさ》しげな声。一見《いっけん》、悪《わる》い人ではなさそうだった。

「山形《やまがた》の庄内《しょうない》です…」

「そうなの。私も山形なのよ。といっても米沢《よねざわ》の方だけどねぇ」

「なのよ」という言葉遣《ことばづか》いになんとなく居心地《いごこち》の悪さを感じながら、ケンは襲《おそ》ってくる眠気《ねむけ》から相槌《あいづち》を打《う》つのが精一杯《せいいっぱい》だった。

「ここら辺《あたり》、マッポ（警察《けいさつ》）の巡回《じゅんかい》も増《ふ》えているらしいの、こんなところで寝ていると職務質問《しょくむしつもん》されちゃうよ」

「はぁ？…」

「よかったら、うちに来《こ》ない？　その代《か》わり同僚《どうりょう》と一緒《いっしょ》だけどね。一人ぐらいなら寝《ね》るとこあるから…。ここはやめた方《ほう》がいいよ。昨晩《さくばん》もこの辺《へん》でチンピラに恐喝《きょうかつ》された事件《じけん》が起《お》きたばかりだから…」

「えっ！　そうなんですかぁ！」

ケンは男《おとこ》の言葉《ことば》に、われに返《かえ》った。

「お腹空《なかす》いてるでしょ？　残《のこ》りものだけど、うちに焼《や》き鳥《とり》とビールぐらいならあるよ」

空腹《くうふく》のケンには決定的《けっていてき》な一言《ひとこと》だった。

「……」

「私《わたし》のこと、怪《あや》しいと思っているでしょ？　こう見えてもちゃんとした社会人《しゃかいじん》だからね、まあ、そう思われても仕方《しかた》がないっかぁ」

男は投げ捨てた夕バコを踏《ふ》みつけ、踵《きびす》を返《かえ》すと片手《かたて》を挙《あ》げて、立《た》ち去《さ》ろうとした。

「あのぉ…本当《ほんとう》に泊《と》めてもらえるんですか？」

ケンは、とっさに男を呼《よ》び止《と》めていた。

「その代《か》わり一泊《いっぱく》だけだよ」

夫《おっと》の飲《の》みすぎを心配《しんぱい》する妻《つま》のように面倒臭《めんどうくさ》そうに男が振《ふ》り返《かえ》りもせずにそう言う

と、ポケットからタバコを取り出し、おもむろにライターで火をつけていた。

ケンは急《いそ》いで段ボールを畳《たた》み、ゴミ捨《す》て場《ば》に放《ほう》り投《な》げるとザックを担《かつ》いで男の後《あと》についていった。

アーケード街《がい》から裏道《うらみち》に少し入ったところにある二階建《にかいだ》ての一軒家《いっけんや》に男は住《す》んでいた。

同僚《どうりょう》と二人で住んでいると話していたが、実《じつ》は同僚というのは元同僚のことで、二ヶ月近く帰ってきていないと、あとになって明《あ》かされた。

以前《いぜん》、男は不動産会社《ふどうさんがいしゃ》で営業《えいぎょう》マンをしていたらしく、バブル期には一ヶ月の給料《きゅうりょう》だけで一万円の札束《さつたば》が立ったと笑《わら》いながら話してくれた。今では不動産貸付業《ふどうさんかしつけぎょう》を自営業《じえいぎょう》で営《いとな》んでいるという。玄関口《げんかんぐち》のすぐ右手《みぎて》にトイレ、突《つ》き当《あ》たりの居間《いま》の隣《となり》にキッチンが備《そな》えられてあった。

白く霜《しも》がついているグラスと一緒《いっしょ》に、よく冷《ひ》えた缶ビールをもって、男がキッチンから出てくると「乾杯《かんぱい》しよ…」と言って、ビールをグラスに注《そそ》いでくれた。

家に入ったときから男の一挙手一投足《いっきょしゅいっとうそく》がすでに何十回と訓練《くんれん》されているような、ひとつながりの動きを見せていることに、ケンはなんとなく怪《あや》しい気配《けはい》を感じとっていた。

「ビール飲《の》む前にさ、シャワーでも浴《あ》びてきたら、どう？　洗面台《せんめんだい》にバスタオルと新《あたら》しい下着《したぎ》とスウェット・シャツがおいてあるから…」

食事の前に、男《おとこ》の機嫌《きげん》を損《そこ》ねないように、ケンは言われるままにシャワーを浴びることにした。浴槽《よくそう》は意外《いがい》と小さく、大人《おとな》ひとり分の大きさしかない。

しばらく、シャワーを浴びていると曇《くも》りガラスに黒《くろ》い人影《ひとかげ》が写《うつ》ったのをケンは見《み》逃《のが》さなかった。

「あの人、何しているんだろう？」

洗濯機《せんたくき》もなかったから洗濯《せんたく》とは思えないし、それとも顔《かお》でも洗《あら》っているのかな？

ケンはお湯《ゆ》を張《は》ったユニットバスに浸《つ》かりながら、曇りガラスに写っている人影を見ていると白い肌《はだ》に変《か》わった。素《す》っ裸《ぱだか》のままで男が浴室《よくしつ》に入ってこようとしていた。

「背中《せなか》流《なが》そうか？」

やはり、あの男の声だ。

反射的《はんしゃてき》に「ヤバイことになる」と察知《さっち》したケンは、浴槽から飛び出ると、扉《とびら》を蹴飛《けと》ばすように開《あ》け放《はな》った。

目の前には股間《こかん》を押《お》さえながら両目《りょうめ》を見開《みひら》いた男の姿《すがた》があった。横《よこ》を見ると女性《じょせい》用《よう》のパンティが脱《ぬ》ぎ捨《す》てられてあった。ケンは洋服《ようふく》にすばやく着替《きが》えると、もってきた荷物《にもつ》をもって、男の家から一目散《いちもくさん》に飛《と》び出《だ》した。

結局《けっきょく》、その晩《ばん》、ケンは仙台駅に戻《もど》り、ペデストリアン・デッキのベンチで一夜《いちや》を過《す》ごした。

仙台駅のターミナルを吹き抜けていく冷たい夜風《よかぜ》は、桜《さくら》の花びらを散《ち》らすにはまだ早いような気がした。

寒《さむ》さで一睡《いっすい》もできなかったケンは、今日一日に起《お》こった出来事《できごと》を思い起こしていた。

今までいかに狭《せま》い世界《せかい》で生きてきたかが、心に沁《し》みた一日であった。いかなる苦労《くろう》や障害《しょうがい》からも逃《に》げずに、自分の足裏《あしうら》で大地《だいち》をしっかり踏《ふ》みしめながら生きていこうと、ケンは心の中で自分に言い聞かすのであった。

翌日《よくじつ》、午前十時半の高速バスで、庄内に戻っていった。

数日後《すうじつご》、ケンは自分の思《おも》いの丈《たけ》を両親にぶちまけた。話《はな》し合《あ》いの結果、小児科医《しょうにかい》になる夢《ゆめ》を叶《かな》えるため、下宿生活《げしゅくせいかつ》を送りながら仙台の予備校に通《かよ》うことが許《ゆる》された。仙台で二年目の浪人《ろうにん》生活を始めることとなった。

六月上旬《じょうじゅん》のある日、下宿屋《げしゅくや》の薄暗《うすぐら》い部屋《へや》で先週行われた校内《こうない》テストの見直《みなお》しをしているとき、突如《とつじょ》、ケンはある思いに襲《おそ》われていた。

「こんなことをしていて、いいのか？　もしかしたら、今しかできないことが他《ほか》にあるんじゃないのか？」

日に日に、将来《しょうらい》への不安《ふあん》から心の奥底《おくそこ》に、何か得体《えたい》のしれない焦燥感《しょうそうかん》が貼《は》りついていた。

問題集《もんだいしゅう》や予備校《よびこう》のテキストを開《ひら》いては閉《と》じるのを繰《く》り返《かえ》し、机の上に立てかけてある、植村直己《うえむらなおみ》の『青春を山に賭《か》けて』を読み返す日が多くなっていた。

「一生《いっしょう》に一度《いちど》の人生《じんせい》。自分のしたいことをする。そのためだったらどんな努力《どりょく》もする。こつこつとひたむきに歩《ある》いて行けば、いつか必《かなら》ず夢《ゆめ》は実現《じつげん》する」

以前《いぜん》、寺岡に薦《すす》められた植村直己の本を読み返す度《たび》に、ケンは植村直己の言葉《ことば》に心震《こころふる》えた。

「一体《いったい》、俺《おれ》は何がしたいんだ！　医者《いしゃ》になりたいんじゃないのか？　本当《ほんとう》になりたいんだったら、受験勉強《じゅけんべんきょう》に集中《しゅうちゅう》しなければ駄目《だめ》だろ！　なぜだ？　なぜこうも、じっとしているのが心苦《こころぐる》しいんだろうか？　なぜこうも時間《じかん》がもったいないと感じられるんだろう？　机《つくえ》の前でじっとして勉強している時間が、たまらなく辛《つら》く苦《くる》しい。なにかとんでもなく、からだに害《がい》のあることをしている気にさえ思えてくる」

時間に急《せ》き立《た》てられるような生《い》き急《いそ》ぐ思いは、その後の人生の岐路《きろ》で大きな選択《せんたく》を迫《せま》られることになる。


浪人二年目の十二月、ケンは二十一歳《さい》を迎《むか》えていた。その年、最後の全国統一模試《ぜんこくとういつもし》の結果《けっか》が郵送《ゆうそう》されてきたが、結果は目標《もくひょう》まで達《たっ》していないものであった。

「今回も駄目《だめ》なのか…」

ケンはいつものように焦《あせ》りだけが募《つの》り、思うように勉強に身が入らなくなっていた。

ある晩《ばん》、ケンが予備校から戻《もど》ってくると、扉《とびら》の前に段《だん》ボール箱《ばこ》が置《お》かれているのに気がついた。実家《じっか》から送《おく》られてきた物《もの》だった。段ボール箱を開《あ》けてみると、中には白い封筒《ふうとう》と一緒《いっしょ》に十キロ入りの米袋《こめぶくろ》、真空《しんくう》パック入りのタクワン、インスタントラーメン、缶詰《かんづめ》が隙間《すきま》のないほど詰《つ》め込《こ》まれてあった。封筒の中には、母からの手紙と仕送《しおく》り代《だい》の十万円が入っていた。テーブルの上に封筒を置《お》くと、ある光景《こうけい》が蘇《よみがえ》ってきた。

小学校に入学し、入退院《にゅうたいいん》を繰《く》り返《かえ》していたあの頃《ころ》。お母《かあ》ちゃんが牛乳《ぎゅうにゅう》を買《か》ってきたことにケンが駄々《だだ》をこね、テーブル上に牛乳をぶちまけてしまったほろ苦《にが》い思い出。ケンが浅《あさ》い眠《ねむ》りから覚《さ》めると枕元《まくらもと》には一枚のメモが置かれてあった。

「ケンちゃんへ。夜《よる》は冷《ひ》えるから風邪《かぜ》をひかないように。母より」

お母ちゃんの優《やさ》しさが、ケンの心《こころ》の薄《うす》い膜《まく》を何度も何度も突《つ》いてきた。お母ちゃんの優しさに正直《しょうじき》になれない自分に腹《はら》を立《た》てていた日の出来事《できごと》だった。

「あの頃《ころ》の俺《おれ》と何ひとつ変わってないじゃないか！　俺はいくつになったら、お母ちゃんの優しさに応《こた》えてあげられるんだ！　今の俺は…自分の稼《かせ》いだお金でお母ちゃんにセーターの一枚も買ってやれていないじゃないか！」

ケンは、そんな自分に無性《むしょう》に腹が立って仕方《しかた》がなかった。

突然《とつぜん》、ドアを叩《たた》く音で、ケンは現実《げんじつ》に引《ひ》き戻《もど》された。新聞《しんぶん》の集金人《しゅうきんにん》かと思い、玄《げん》関口《かんぐち》に近づき訊《たず》ねた。

「どなたですかぁ？」

「俺や…、カンダ…」

「…」

ドアを開《あ》けると、そこには濃紺色《のうこんいろ》のスーツ姿《すがた》のカンちゃんが黒皮《くろかわ》のカバンを持《も》って立っていた。

「カンちゃん…驚《おどろ》いたぁ…どうしたん？」

「東京《とうきょう》で就職試験《しゅうしょくしけん》があってなぁ…、今、その帰《かえ》り…。入《はい》っていい？」

二年振《ぶ》りだった。一浪目《いちろうめ》の自宅浪人時代《じたくろうにんじだい》、自宅に遊《あそ》びに来てくれて、清子の話をさんざん聞いてもらった日以来《いらい》だった。

机《つくえ》と勉強道具《べんきょうどうぐ》以外ほとんど何もない六畳《ろくじょう》一間《ひとま》の部屋に立っているスーツ姿《すがた》のカンちゃんを見ながら、ケンは寂《さび》しそうにぽつりと呟《つぶや》いた。

「サラリーマンになってしまうんかぁ～」

「俺もしょうがねえしなぁ…就職《しゅうしょく》するしか道がないんよ」

テーブルの上に置いてあった本多勝一《ほんだかついち》の『アメリカ合衆国《がっしゅうこく》』をぱらぱらとめくりながら、カンちゃんは独り言《ひとごと》のように呟《つぶや》いていた。

「カンちゃんも清子も、みんな親元《おやもと》から離《はな》れ、自立《じりつ》していくんだよなぁ〜。それに引《ひ》き換《か》え、俺《おれ》は…未《いま》だに親《おや》から仕送《しおく》りをもらい世話《せわ》になっているんよぉ。今すぐにでも、こんな囚人《しゅうじん》のような生活《せいかつ》から抜《ぬ》け出《だ》して、カンちゃんや清子や寺岡さんのように外の世界《せかい》に羽《は》ばたきたいんよ」

この日から、ケンはひとりで部屋にいるとカンちゃんや清子や寺岡さん、みんなから取《と》り残《のこ》され、自分だけ成長《せいちょう》がとまっていくような不安《ふあん》を強く抱《いだ》くようになっていった。

「俺《おれ》は…俺は…こんなことやっていいのか？　もしかしたら、今、自分にしかできないことが他《ほか》にあるんじゃないのか？」

実《じつ》は、ケンには小児科医《しょうにかい》になること以外《いがい》に、もう一つの夢《ゆめ》があった。中学二年の頃《ころ》からひそかに抱いていた夢。植村直己《うえむらなおみ》やお父《とお》ちゃん、寺岡さんのように自分の気《き》持《も》ちに正直《しょうじき》に生きたい、世界《せかい》を見てみたいというものであった。

「いいか！　ケン坊《ぼう》、若いときにしかできないことは、今のうちにしっかりやっておいた方《ほう》がいいぞ！　勉強なんていうのはなぁ、歳《とし》をとってからでもやれるんだ！　でも、からだはそうはいかない。だから、からだを鍛《きた》えるんだったら、今しかないぞ！』

このとき、ケンは、かつて寺岡さんが実家《じっか》を訪《おとず》れてきたときに話してくれた言葉《ことば》を思い出していた。

「このまま大学《だいがく》にも入《はい》れず、自分の気持ちに正直《しょうじき》に生《い》きていくこともできずに、三十歳《さい》になっても、四十歳になっても、五十歳になっても、いつまでたっても親《おや》の臑《すね》をかじりつづけていくのか、俺は…」

毎朝《まいあさ》、なかなか起《お》きられないでいたケンは、布団《ふとん》にくるまったまま、出口の見えない心の靄《もや》のなかで呟いていた。

三ヶ月後、突然《とつぜん》、ケンは予備校を辞《や》めて、東京へとひとり旅立《たびだ》っていった。

第七章　北南米大陸縦横断徒歩《ほくなんべいたいりくじゅうおうだんとほ》の旅

一九八七年三月　成田国際空港にて

上京《じょうきょう》を果《は》たしたケンが、最初《さいしょ》にしなければならないことは、住《す》まいを決《き》めることだった。

仙台にいた頃《ころ》から、東京《とうきょう》で生活《せいかつ》するなら山手《やまのて》より下町《したまち》。しかも、小さい頃から父がよく観《み》に連《つ》れて行ってくれた、映画《えいが》『男はつらいよ』の舞台《ぶたい》にもなった〝葛飾《かつしか》柴又《しばまた》〟と決めていた。『男はつらいよ』に登場《とうじょう》する、渥美《あつみ》清《きよし》が演《えん》じる〝フーテンの寅《とら》さん〟の生き方に憧《あこが》れていたからだ。

寅さんは、全国を放浪《ほうろう》しながら、そこで出会《であ》うマドンナに一目惚《ひとめぼ》れをしてしまう。実家《じっか》のある柴又に帰ってきては、さまざまな珍騒動《ちんそうどう》を巻《ま》き起《お》こし、挙句《あげく》の果《は》てにマドンナに振《ふ》られて、ひとり放浪の旅《たび》に出ていくのであった。そんな寅さんの自由《じゆう》奔《ほん》放《ぼう》で、一匹狼《いっぴきおおかみ》の生き方、美人に惚れやすく、人情《にんじょう》もろい人柄《ひとがら》に惹《ひ》かれていた。

葛飾区柴又にある安《やす》アパートに部屋を借《か》りると、ケンはすぐに建設現場《けんせつげんば》でのアルバイトを始めた。

上京してから数ヶ月が経《た》ち、年も明《あ》け、東京での生活もどうにか落ち着きを取り戻した三月下旬《げじゅん》頃《ころ》、ケンは両親宛《りょうしんあて》に一通《いっつう》の手紙《てがみ》を出していた。

「オヤジ、オフクロ、僕《ぼく》は予備校《よびこう》を辞《や》めました。

このことは謝《あやま》らなければいけません。

せっかく大金《たいきん》を払《はら》って、行かせてくれた予備校を辞めてしまったのですから……。

そして、〝僕は自立《じりつ》します〟

二十一歳《さい》にもなって、利《き》いた風《ふう》なことを言いながら親《おや》の臑《すね》をかじって、自立できないでいる自分が許《ゆる》せないんです。情《なさ》けないんです。そんな奴《やつ》は、子どもと一緒《いっしょ》です。

今後、一切《いっさい》、仕送《しおく》りしていただかなくても結構《けっこう》です。

これからは、僕《ぼく》の人生《じんせい》は自分で決《き》めていきます。

こういう行動《こうどう》を親不幸《おやふこう》というのでしょうが、これからの僕を見守《みまも》っていてください。

必《かなら》ずや、『よくがんばったな！』と言ってもらえるような人生を切《き》り拓《ひら》いていくつもりです。

もし、人生《じんせい》に後悔《こうかい》や不安《ふあん》が付《つ》いて回《まわ》るのであれば、僕はやらない後悔より、やった後悔を選《えら》びたいと思います。

かりに僕が良《よ》い子になって、親《おや》の言うことを素直《すなお》に聞《き》いて、その通《とお》りの人生を歩《あゆ》んだとしましょう。その責任《せきにん》は自分でとれ！　というのでしょうか。そんなのは嫌《いや》です。自分で決《き》めず、親や親戚《しんせき》の言うとおりの人生を歩《あゆ》んで、その責任を自分でとるなんて僕にはできません。

僕は自分で決めた行動の責任は、自分でとるつもりです。ただ、それだけです。僕には僕なりの生き方があります。これから僕が自分の頭《あたま》で考《かんが》え、判断《はんだん》し、行動の責任を自分でとっていきます。

仙台の予備校に通《かよ》いながら、さんさんと太陽《たいよう》が照《て》りつけ、気持《きも》ちのよい日にひとり部屋に籠《こも》って、いつも数学《すうがく》の問題《もんだい》を解《と》いていました。古典《こてん》の文法《ぶんぽう》を覚《おぼ》えていました。このことがどんなに不健康《ふけんこう》なことか、オヤジ、オフクロにはわかりますか？

小さい頃、僕はからだが弱《よわ》く、いつも病院《びょういん》や家の中にいました。もう家の中に籠ったような生活《せいかつ》を送《おく》りたくないんです。これからは、今しかできないことをやります。

医学部《いがくぶ》の試験会場《しけんかいじょう》で、四十代《よんじゅうだい》後半《こうはん》と思える中年男性《ちゅうねんだんせい》が、受験《じゅけん》しに来ているのを僕は見たことがあります。その人の目は、輝《かがや》いていました。本当《ほんとう》に好《す》きなことなら、年齢《ねんれい》は関係《かんけい》ないと思います。

そして、寺岡さんも『勉強なんていうのは、歳《とし》をとってからでもやれるんだ。でも、からだはそうはいかない。からだは年齢に勝《か》てない。だから、からだを鍛《きた》えるんだったら、今しかないぞ！』と言ってくれました。この言葉《ことば》は、僕の人生に一筋《ひとすじ》の希望《きぼう》を与《あた》えてくれました。

今、僕はお金を稼《かせ》ぐために、東京に来ています。オヤジ、オフクロ、僕は本気《ほんき》です！　どうかお願《ねが》いします。僕の最後《さいご》のわがままを聞《き》いて欲《ほ》しい！

思いに任《まか》せて書いてしまい、僕の思いがどれくらい伝《つた》わるのかわかりませんが、僕がとった行動をどうか理解《りかい》してください。

心配《しんぱい》するなといっても、それは難《むずか》しいことでしょうが、オヤジ、オフクロ、どうか急に老《ふ》け込《こ》んだりしないようにしてください」

一週間前《いっしゅうかんまえ》にケンから送られてきた手紙《てがみ》を読《よ》み終《お》え、正一は静《しず》かに封筒《ふうとう》に戻《もど》した。夕日で紅《あか》く輝《かがや》いている窓《まど》ガラスからカラスの群《む》れが一斉《いっせい》に西空《にしぞら》に飛《と》んでいくのが見えた。

正一は、昨夜のことを思い出していた。

「ケン、なんだ？　この手紙は？　すぐに帰《かえ》ってきなさい。帰ってきて説明《せつめい》しなさい！」

初《はじ》めて正一は、電話口《でんわぐち》でケンを怒鳴《どな》りつけた。

今日、夕方五時の列車《れっしゃ》でケンが東京から帰ってくることになっている。

すると、そのときだった。玄関《げんかん》のドアがばたんと閉《し》まる音に一瞬《いっしゅん》、居間《いま》の窓ガラスが震《ふる》えた。

廊下《ろうか》をどしどしと歩く足音《あしおと》とともに、ザックを背負《せお》ったケンが勢《いきお》いよく入ってきた。

「ただいま！」の挨拶《あいさつ》の一言《ひとこと》もなく、ザックをソファに放《ほう》ると、ケンは倒《たお》れこむようにソファに腰《こし》を埋《うず》めた。

「ケン、どういうことなのか説明してみなさい」

正一は必死《ひっし》に落《お》ち着《つ》いて話そうとしていたが、握《にぎ》り拳《こぶし》が小刻《こきざ》みに震えているのが自分でもわかった。

「説明って？　手紙に書いてある通《とお》りだよ。何も説明することなんてないよ」

正一の顔を見ようともせずに、ケンは窓の外を見ながら面倒臭《めんどうくさ》そうに吐《は》き捨《す》てた。

ケンが動揺《どうよう》しているのは、正一にも見《み》て取《と》れた。小学生の頃《ころ》には、決《けっ》して見せなかった表情《ひょうじょう》だ。

「突然《とつぜん》、予備校《よびこう》を辞《や》めて一体《いったい》どうするつもりなんだ！　なにを考えているのか、ちゃんと説明しなさい。説明しないとわからないだろ！」

正一が懸命《けんめい》に興奮《こうふん》を抑《おさ》えようとしていることは、裏返《うらがえ》った声でもわかった。

「……」

しばらく沈黙《ちんもく》がつづいた。どうにか落ち着きを取り戻したケンは座《すわ》りなおし、先ほどの態度《たいど》とは打《う》って変《か》わって、俯《うつむ》いて真剣《しんけん》に語《かた》り始《はじ》めた。

「金貯《かねた》めて、南米大陸《なんべいたいりく》を徒歩《とほ》で縦断《じゅうだん》してくる。その前に、旅《たび》の手始《てはじ》めとして北米大陸《ほくべいたい りく》を横断《おうだん》する。万全《ばんぜん》に準備《じゅんび》していくから、心配《しんぱい》しないでいいよ。絶対《ぜったい》に帰《かえ》ってくるから…勉強《べんきょう》は帰ってからやっても遅《おそ》くないし…」

正一の顔《かお》をしっかりと見据《みす》えながら、ケンは言《い》い放《はな》った。

「……」

やっぱりそうかと、正一は心の中で、ケンが言った言葉《ことば》を噛《か》み締《し》めていた。うすうす感《かん》じていたことではあった。三ヶ月前、寺岡《てらおか》が正一を家まで訪《たず》ねて来たとき、「単独《たんどく》で、誰《だれ》もしたことのないような過酷《かこく》な旅をしてみたい」と、ケンから相談《そうだん》を受《う》けたことを明《あ》かしてくれたことを思《おも》い出《だ》していた。その後《ご》、寺岡は冒険家《ぼうけんか》の浜野《はまの》兵一《ひょういち》をケンに紹介《しょうかい》していた。

浜野はアルバイトをしながら、世界中《せかいじゅう》を旅しつづけている冒険家だ。マッキンリー登頂《とうちょう》、ユーコン河《がわ》を筏《いかだ》で下《くだ》り、リヤカーでサハラ砂漠《さばく》を横断している。その後、浜野はケンにアルバイトの世話《せわ》をしたり、旅の計画《けいかく》や装備《そうび》についてのアドバイスもしていた。

が、そんな思いとは裏腹《うらはら》に、正一は言い切《き》った。

「駄目《だめ》だ！　絶対認《みと》めないぞ！　やっとからだも丈夫《じょうぶ》になったというのに、なんでわざわざ危険《きけん》な目《め》に遭《あ》いに行かなければならない！」

「どうしてだよぉ！　僕《ぼく》はからだが弱《よわ》いっていう気持《きも》ちをずっと抱《かか》えたまま、今まで耐《た》えてきたんだよ。丈夫になった今だからこそ、試《ため》してみたいんだ！」

「南米を歩くって、口で言うほど簡単《かんたん》なことではないんだ。治安《ちあん》の悪《わる》い国《くに》も多いんだ、あそこは…。もしものことがあったらどうする！」

「悪いこと考えたらきりないだろ！　オヤジだって、好《す》きなようにしてきたじゃないか！　いろんな山登《やまのぼ》ってきただろ！　自分はよくて、子どもは駄目っていうのかよ！　そんなのおかしいだろ！」

「なにぃ！　絶対に駄目だ！　許《ゆる》さん！」

「薬品臭《やくひんくさ》い病室《びょうしつ》で寝《ね》ているケンを、注射《ちゅうしゃ》を一日何本《なんぼん》も打《う》たれるケンを、もう二度と見たくないんだ！」

正一は、そう叫《さけ》びたい思いをぐっと堪《こら》えた。

これほどまでに、ケンが正一に激《はげ》しく反論《はんろん》してくる姿《すがた》を見たことがなかった。

確《たし》かに、ケンの言うとおりなのかもしれない。休日《きゅうじつ》、家族《かぞく》そっちのけで山登《やまのぼ》りをしてきたバチがあたったのかもしれない。

そんな思《おも》いは、おくびにも出《だ》さず正一はつづけた。

「からだのことを心配《しんぱい》して言っているんだ。お母《かあ》さんもすごく心配しているんだぞ。そんなこともわからないのか！」

ケンは自分に似《に》て、一度言い出したら言うことを聞かない子だ。何をどう説得《せっとく》しても無理《むり》かもしれないと思いながら、正一はなんとしても南米行《なんべいい》きだけは思いとどまらせたかった。

「からだ、からだって、僕《ぼく》はずっとからだのことを言われつづけてきたんだよ！もういいよ！　もうたくさんだよ！　本当《ほんとう》に僕のことを思ってくれているんだったらさぁ…わかってよ！　僕のやりたいようにさせてくれよ！　お願《ねが》いだからさぁ…」

「……」

「オヤジはさぁ、僕のためを思っているといいながら、結局《けっきょく》あれだろ！　自分の思《おも》い通《どお》りにさせたいだけなんだろ！　自分の思い通りにならないから、認《みと》めたくないだけなんだろ！」

「なにぃ！」

「自分は好《す》き勝手《かって》に世界中《せかいじゅう》の山を登っておいて、人にはするなって、勝手すぎるよ、そんなの！　誰《だれ》がなんと言おうと行くから！」

「……」

ケンは、正一が三十五歳《さい》を越《こ》えてから生《う》まれた子だった。幼《おさな》い頃《ころ》から病気《びょうき》がちなケンを不憫《ふびん》に思い、『ケン坊《ぼう》、ケン坊』と少し甘《あま》やかしすぎたのかもしれないと、正一はそのとき初《はじ》めて思っていた。

ケンはザックを乱暴《らんぼう》にとりあげると、居間《いま》から飛《と》び出《だ》していった。

正一とケンのやりとりを隣《となり》の部屋《へや》で聞いていた祖母《そぼ》のトキが、お盆《ぼん》をもって心配そうに入ってきた。

トキは、息子《むすこ》の正一が海外遠征《かいがいえんせい》で家《いえ》を空《あ》けているときや嫁《よめ》の綾子が夜勤《やきん》で家を空けたとき、いつも孫《まご》のケンとアキの傍《そば》にいて、家を守《まも》ってくれていた。

「ケンちゃん、ますます若《わか》い頃《ころ》のお前《まえ》に似てきたねぇ…」

緑茶《りょくちゃ》の入った湯飲《ゆの》みを正一の前に置《お》きながら、優《やさ》しげな笑《え》みをこぼしながら言った。

「えっ?」

落《お》ち着きを取《と》り戻《もど》した正一は、ゆっくりソファに腰《こし》を下《お》ろした。

「一度言《い》い出したら人の言うことを聞《き》かないところなんか、お前《まえ》にそっくりだよ」

トキは柔和《にゅうわ》な笑《え》みを正一に向《む》けてから、囁《ささや》くように呟《つぶや》いた。

「家族《かぞく》みんなが心配《しんぱい》しているのに。人《ひと》の気《き》も知らないで…」

「でも、ケンちゃんの言うとおりだよ。お前も、好《す》き勝手《かって》やってきたんだろ? 親《おや》の都合《つごう》は考えないで、しっかりと見守《みまも》っていておやりよ。ケンちゃんなら大丈夫《だいじょうぶ》だよ」

正一は、そっと部屋《へや》の窓《まど》を開《あ》け、夜風《よかぜ》に顔をさらした。夜空《よぞら》を見上《みあ》げると、月明《つきあ》かりに照《て》らされた雲《くも》が、ものすごい速《はや》さで流れていた。庭の隅《すみ》に、錆《さ》びついた子ども用《よう》のスコップが落ちているのを見つけた。ケンが小さい頃《ころ》に使っていたものだろう。正一は庭に出て、スコップを拾《ひろ》い上げると、その場所《ばしょ》にしゃがんで土を掘《ほ》ってみた。

この穴をどこまで掘りつづけていけば南米《なんべい》までたどり着《つ》けるのか。ケンと正一との心の距離《きょり》を埋《う》めるかのように、正一はスコップを手にし、小さな穴を掘ってみた。今、ケンが私の許《もと》から旅立《たびだ》とうとしている。正一の頭の中では、そう教えてくれていた。なのに、なぜか心の中は、ラムネに入ったビー球《だま》のように空《むな》しい音を響《ひび》かせるばかりだった。

そんなある日、福島《ふくしま》のコンピューター関連《かんれん》の会社に就職《しゅうしょく》していたカンちゃんのもとに、大きな段《だん》ボール箱《ばこ》が届《とど》けられた。中には、カンちゃんがケンに貸《か》していたレコードジャケット、本、電気《でんき》コタツが無造作《むぞうさ》に手紙《てがみ》と一緒《いっしょ》に入れられてあった。その手紙には、こう記《しる》されてあった。

「明日《あす》、二十時三十分、大韓航空《だいかんこうくう》でロサンゼルスに発《た》ちます。ロスから北米大《ほくべいたい》陸《りく》を横断《おうだん》したのちに、南米大陸《なんべいたいりく》縦断《じゅうだん》を徒歩《とほ》で旅《たび》しようと思っています。しばらく会《あ》えませんが、元気《げんき》でいてください」

以前《いぜん》、ケンがカンちゃんに「俺《おれ》、近いうちにアメリカに行ってくる。それ以上《いじょう》のことは何も話せないんだ！　悪《わる》いけど、今は何も聞かないでくれ！」と話していたことを思い出していた。しかし、まさか北南米大陸を徒歩で縦横断するとは考えてもいなかった。

段《だん》ボール箱《ばこ》のフタの裏書《うらが》きを見ると、そこには黒のマジックでこう走《はし》り書《が》きされてあった。

「ぼくは今、ムショーにRCサクセッションの〝シングルマン〟が聴《き》きたい！」

〝シングルマン〟は、ケンが一番《いちばん》気《き》に入《い》っていたRCサクセッションの曲《きょく》だ。

「自宅浪人《じたくろうにん》していた頃《ころ》、真冬《まふゆ》の夜中《よなか》に、よくケンと二人《ふたり》で港《みなと》の埠頭《ふとう》まで行って、ラジカセと缶《かん》ビールをもって、一緒《いっしょ》に〝シングルマン〟を聴いていたっけ…」

カンちゃんが心の中で呟《つぶや》くと、いつものケンの口癖《くちぐせ》を口にした。

「やっぱぁ、清志郎《きよしろう》の詩《し》って、アナーキーだよなぁ…、最高《さいこう》だよ！」

カンちゃんは、段ボール箱を壊《こわ》すと走り書きしてあるフタをカッターで切り取り、それを机《つくえ》の上に立てかけた。そして、祈《いの》るように心の中で囁《ささや》くのであった。

「ケン…生きて帰ってこいよぉ…」

成田空港《なりたくうこう》の国際線《こくさいせん》ターミナルは、搭乗《とうじょう》を待《ま》ち侘《わ》びている外国人《がいこくじん》で混《こ》み合《あ》っていた。

ケンは、飛行機の搭乗手続時刻《とうじょうてつづきじこく》まで、近くの休憩所《きゅうけいしょ》で正一と綾子と距離《きょり》をおいて座《すわ》っていた。

刻一刻《こくいっこく》と変わる国際線の搭乗案内掲示板《あんないけいじばん》を目《め》で追《お》いながら、ケンは北南米徒歩《ほくなんべいとほ》縦横断《じゅうおうだん》を決断《けつだん》した日のことを思い出していた。

あの日は鳶《とび》のアルバイトを終《お》え、ケンにとって〝旅《たび》の師匠《ししょう》〟でもある、冒険家《ぼうけんか》の浜野《はまの》と新宿《しんじゅく》のハーモニカ横丁《よこちょう》で夕食《ゆうしょく》を食べる約束《やくそく》をしていた。狭《せま》くて暗《くら》い路地《ろじ》に入った古《ふる》びた定食屋《ていしょくや》で、ケンはしょうが焼《や》き定食を注文《ちゅうもん》し、浜野はサバ焼き定食とポテトサラダを注文していた。いつも会うと、浜野は大好《だいす》きな芋焼酎《いもじょうちゅう》を呷《あお》りながら、それまで体験《たいけん》してきた冒険の数々《かずかず》の話を聞かせてくれた。

「自転車《じてんしゃ》で南米縦断をやり終《お》えて、わかったことはさ…、南米に比べたら、北米の自転車横断なんて公園《こうえん》のサイクリングコースみたいなもんだよ。だって、腹減《はらへ》ったら食糧《しょくりょう》や安全《あんぜん》な水はどこでも手に入るし、清潔《せいけつ》な宿《やど》はどの町にもあるんだから、北米を歩いたとしても、そんなのは準備運動《じゅんびうんどう》のようなもんだって…」

この言葉を聞いたとき、ケンは一つの目標《もくひょう》が定《さだ》まった。

「よし、だったら僕《ぼく》は、浜野さんがまだ成《な》し遂《と》げたことのない、南米の徒歩縦断に挑戦《ちょうせん》する！　その前段《ぜんだん》の足慣《あしな》らしに北米大陸を横断する！」

その後《ご》、一九九七年、浜野は日本人として初《はじ》めて北極点《ほっきょくてん》単独《たんどく》徒歩《とほ》到達《とうたつ》の偉業《いぎょう》を成《な》し遂《と》げる。


搭乗手続《とうじょうてつづ》きを済《す》ませたケンが、十キログラム以上はあろうかと思われるサブザックを背負《せお》い、正一と綾子のところに近寄《ちかよ》ってきた。

「食《た》べ物《もの》には十分気をつけるのよ。あなた胃腸《いちょう》強《つよ》くないんだから…。これ、飛行機《ひこうき》の中で食べなさい」

綾子がケンに茶封筒《ちゃぶうとう》とビニール袋《ぶくろ》に入った山形名産《やまがためいさん》〝だだちゃ豆《まめ》〟を手渡《てわた》して言った。

「なにこれ？」

ケンは、茶封筒の中に入っている札束《さつたば》を見ながら呟《つぶや》いた。

「足《た》りなくなったら困《こま》るでしょ」

「親からお金《かね》を援助《えんじょ》してもらったんじゃ、ひとりでやったことにならないから…」

ケンは、茶封筒をそのまま綾子に突《つ》き返《かえ》した。

仙台から上京《じょうきょう》し、一年半の間、朝九時から夕方六時まで建設現場《けんせつげんば》で働《はたら》き、一時間の休憩《きゅうけい》を挟《はさ》んでから深夜零時《しんやれいじ》まで安《やす》アパート近《ちか》くのレストランで皿洗《さらあら》いのアルバイトをしながら、ケンは二百万円を貯《た》めていた。

正一は少し距離《きょり》をおいて、綾子とケンの二人を黙《だま》って見守《みまも》っていた。

「無理《むり》するんじゃないのよ。駄目《だめ》だと思《おも》ったら帰《かえ》ってきてもいいんだから…」

綾子がケンの腕《うで》をさすりながら心配《しんぱい》そうに囁《ささや》いた。

「心配しないでよ…、僕《ぼく》もそんなバカじゃないからさ。命《いのち》を落《お》としてまでやったりしないから…」

ケンは、〝だだちゃ豆〟を上着《うわぎ》のポケットに入れながら言った。

綾子が正一に近《ちか》づいて、腕を引《ひ》っ張《ぱ》って、ケンのところに連《つ》れて来た。

「お父《とう》さんからも何か言ってあげて頂戴《ちょうだい》！　当分《とうぶん》、会《あ》えないんだから…」

正一はケンと向《む》かい合ったまま、さっきまで厳《きび》しい表情《ひょうじょう》を見せていた顔を緩《ゆる》め、一言《ひとこと》一言《ひとこと》を噛《か》み締《し》めるようにゆっくりと伝《つた》えた。

「無理せず、引《ひ》き返《かえ》せるのも勇者《ゆうしゃ》だ！　いいか、絶対無理はするな！」

また命令口調《めいれいくちょう》かよとケンは思ったが、次の一言に胸《むね》が熱《あつ》くなった。

「生《い》きて帰《かえ》ってこい！　これもっていけ！」

正一は、ジャケットの胸《むね》ポケットからスペア用《よう》のボールペンを抜《ぬ》きとり、ケンに差《さ》し出《だ》した。

「いや、荷物《にもつ》になるから一本でいい」と、ケンは正一の好意《こうい》をきっぱりと断《ことわ》った。

ボールペンの一本の重《おも》さなど、たかがしれている。最後《さいご》の最後まで、他人《たにん》の力《ちから》を借《か》りずに目標《もくひょう》を成《な》し遂《と》げてみせる、というケンの強《つよ》い意志《いし》を正一は受《う》け取《と》った。


多くの人たちで雑然《ざつぜん》としている空港内《くうこうない》に、大韓航空《だいかんこうくう》ロサンゼルス行の搭乗案内《とうじょうあんない》を知らせるアナウンスが流《なが》れると、乗客《じょうきゃく》たちが次々《つぎつぎ》と出発《しゅっぱつ》ゲートに集《あつ》まってきた。

「じゃ、行ってくる」

片手《かたて》をちょっと挙《あ》げただけの簡単《かんたん》な挨拶《あいさつ》を済《す》ますと、他の乗客たちに紛《まぎ》れ、ケンは出発ゲートの奥《おく》に消《き》えていった。

振《ふ》り向《む》きざまに見せた不安気《ふあんげ》な表情《ひょうじょう》は、小さい頃《ころ》、脳腫瘍《のうしゅよう》の疑《うたが》いで手術《しゅじゅつ》するためにストレッチャーに乗《の》せられたときに見せた表情と、正一には重《かさ》なって見えた。

「ケン、無事《ぶじ》に帰ってくるんだぞ！」

ケンの姿《すがた》が見えなくなるまで、正一はずっと心の中でそう叫《さけ》びつづけていた。

第八章　呪術師《じゅじゅつし》カイムの予言《よげん》

一九九〇年七月　南米《なんべい》ペルーにて

「お父《とう》ちゃんへ。手紙《てがみ》を読《よ》みました。僕《ぼく》はとても残念《ざんねん》でなりません。以前《いぜん》から開発計画《かいはつけいかく》の話《はなし》があるとは聞《き》いて知《し》っていましたが、幼《おさな》い頃《ころ》から慣《な》れ親《した》しんできた鳥海山《ちょうかいさん》が、とうとうリゾート開発に向《む》けて動《うご》き出《だ》したんですね。これが悪《わる》い夢《ゆめ》なら早《はや》く覚《さ》めて欲《ほ》しいです。

実《じつ》は、北米大陸《ほくべいたいりく》を横断《おうだん》中《ちゅう》、極寒《ごっかん》のロッキー山脈《さんみゃく》で野営《やえい》しているとき、とても怖《こわ》い夢を見ました。

鳥海山山頂《さんちょう》の湖《みずうみ》がブルドーザーで埋《う》められ、山の中腹《ちゅうふく》に自生《じせい》しているブナの原生林《げんせいりん》も切《き》り倒《たお》され、丸ハゲにされていく夢でした。

お父ちゃんが、元《もと》教《おし》え子《ご》の柏木《かしわぎ》さんと相談《そうだん》して、恒例《こうれい》のOB登山《とざん》は中止《ちゅうし》するしかないと家《いえ》で相談《そうだん》していました。

僕はそれを傍《そば》で聞いていて、泣《な》いていました。それが夢だとわかっても悲《かな》しく悲しくてたまりませんでした。数日後《すうじつご》、偶然《ぐうぜん》にも手紙でお父ちゃんからリゾート開発の話を知りました。その日以来《いらい》、次の夜《よる》も、その次の夜も毎晩《まいばん》、寝《ね》る前に『鳥海山が守《まも》られますように…』と祈《いの》りつづけています。

先日、エクアドルのキトで警官《けいかん》に扮《ふん》した窃盗団《せっとうだん》にトラベラーズチェック（旅《りょ》行者用《こうしゃよう》小切手《こぎって》）を盗《ぬす》まれてしまいました。でも、鳥海山が壊《こわ》されていくことに比《くら》べたら、僕にとってはそんなのちっぽけなことです。できることなら、今すぐにでも日本に帰って、お父ちゃんの力《ちから》になりたいです」

ケンは手紙を書《か》き終《お》えると、ひとつ深《ふか》いため息《いき》をついた。

「帰国《きこく》するまで、どうか鳥海山が無事《ぶじ》でありますように…」

涙《なみだ》で濡《ぬ》れた目を掌《て》でぬぐい、教会堂《きょうかいどう》の中を見回《みまわ》した。石壁《いしかべ》に描《えが》かれている聖母《せいぼ》マリアのフレスコ画《が》に、ステンドグラスから射《さ》し込《こ》んでくるオレンジ色の夕日があたっていた。

二年前の十一月、北米大陸西海岸《ほくべいたいりくにしかいがん》のサンフランシスコを出発。翌年《よくとし》の七月、東海岸《ひがしかいがん》のバージニアビーチまで単独《たんどく》で歩《ある》きつづけてきた。一九九〇年、二月には、南米大陸縦断《なんべいたいりくじゅうだん》の単独徒歩旅行《たんどくとほりょこう》をスタートさせた。

目を閉《と》じ、今日一日の出来事《できごと》をゆっくりと反芻《はんすう》していると深《ふか》い闇《やみ》が手招《てまね》きを始《はじ》める。

「どうしてなんだろうか？　たまらなく鳥海山が愛《いと》おしい。いつもいつも鳥海山のことが頭から離《はな》れない」

まどろみの中、心の底《そこ》に届《とど》くように、しめやかな祈《いの》りを捧《ささ》げる。

「マリア様、どうか…、どうか…、鳥海山を…鳥海山を…お守《まも》りください。俺《おれ》よりも鳥海山を…。鳥海山は…僕《ぼく》が…子どもの頃《ころ》からずっと登《のぼ》ってきた山で…」

鼻先《はなさき》がじーんと熱《あつ》くなり、とめどもなく涙《なみだ》が溢《あふ》れてきて仕方《しかた》がなかった。

やっとのことでたどり着《つ》いたのは、ペルーのセチュラ砂漠《さばく》の先《さき》にある小《ちい》さな教会《きょうかい》だった。飢《う》えと喉《のど》の渇《かわ》きの中、ケンは衰弱《すいじゃく》しきったからだを堅《かた》い木目《もくめ》の床《ゆか》に横《よこ》たえていた。

しばらくして、ぎーっと木と木が擦《す》れ合《あ》う扉《とびら》の音で、ケンはわれに返《かえ》った。振《ふ》り返《かえ》ると、眩《まぶ》しい光の中から、腰《こし》の曲《ま》がった人影《ひとかげ》が立《た》ち現《あらわ》れた。教会の正門《せいもん》ですれ違《ちが》った老牧師《ろうぼくし》であることは分《わ》かった。老牧師が手に持っているトレーには、スープ入りの木皿《きざら》と一片《いっぺん》のパン、そして水の入ったグラスも載《の》せられてあった。

「これを召《め》し上《あ》がりなさい。しばらく、ゆっくり休《やす》むといい」

老牧師は、床にそっとトレーごと置《お》くと、そのまま立《た》ち去《さ》っていった。

「ありがとう…」

ちらっと振《ふ》り返《かえ》り、ケンはそう口にするのがやっとだった。沈《しず》みゆく、橙色《だいだいいろ》に輝《かがや》く夕日に包《つつ》まれながら、閉まる扉によってだんだん欠《か》けていく老牧師の姿《すがた》は、眩《まぶ》しすぎて目視《もくし》することができなかった。

静《しず》まり返《かえ》った教会堂にひとり残《のこ》されたケンは、あらん限《かぎ》りの力を奮《ふる》い起《お》こし、パンとスープを胃袋《いぶくろ》の中に流し込むと、また深い眠《ねむ》りにつくのであった。

遙《はる》か地平線上に、橙色《だいだいいろ》のスクリーンを貼《は》りつけたような雲《くも》が流れていく。三日間、ケンは食糧《しょくりょう》や水分《すいぶん》を摂《と》っていなかった。

標高《ひょうこう》四〇〇〇メートル級《きゅう》のアンデス山脈《さんみゃく》に通じる山道《やまみち》の斜面《しゃめん》に、段々畑《だんだんばたけ》が目につくようになってきていた。山岳《さんがく》の中腹《ちゅうふく》に村落《そんらく》があるのかもしれない。かすかな望みを抱《いだ》きながら、ケンはひたすら山道を登りつづけた。

疲れと空腹《くうふく》から胃液《いえき》が逆流《ぎゃくりゅう》し、ねばねばした白い液体が唇《くちびる》の端《はし》にカスとなって貼《は》りついている。

すでに日も沈み、ほの暗い月明《つきあ》かりだけを頼りに歩きつづけた。いつの間にか生温《なまあたた》かい風がでてきていた。黒い雲が月明かりを隠《かく》し始める頃《ころ》、頰《ほお》に冷たい水滴《すいてき》のあたるのを感じた。ケンはザックからレインウェアをとりだし、すぐさま着込んだ。しかし、激しく叩《たた》きつける雨粒のやむ気配《けはい》はないようだった。

あっという間《ま》に、肌着《はだぎ》がびしょびしょになっていく。

「どこかで雨宿《あまやど》りしてからだを温《あたた》めなければ、このままでは凍《こご》え死《し》んでしまう!」

土砂降《どしゃぶ》りの雨の中、ケンは足を一歩前に踏《ふ》み出《だ》すごとに心の中で絶叫《ぜっきょう》する。レインウェアの隙間《すきま》から入りこんでくる雨粒《あまつぶ》は、肌着を濡《ぬ》らし、体温を奪《うば》っていく。体温の低下は、体力を消耗《しょうもう》させていく。

そのとき、しぶき雨で霞《かす》んで見える風景の中に、ケンは一つの灯《あか》りを見つけた。その灯りは徐々《じょじょ》に大きくなり、木立《こだち》の陰《かげ》に隠《かく》れたかと思えば、再び顔を出し、切《き》れ切《ぎ》れに見える。まるで霧《きり》に包まれた岬《みさき》の突端《とったん》で点滅《てんめつ》を繰《く》り返《かえ》す灯台《とうだい》の灯《あか》りのようだ。民家《みんか》の灯りだろうか。いや、ひょっとして、幻覚《げんかく》かもしれない。立ち止まり、思いっきり太腿《ふともも》を強くつねってみる。熱《あつ》さを伴《ともな》った痛《いた》みが全身を駆《か》け抜《ぬ》ける。

ひょっとしたら…と、最後の力をふりしぼり、灯りのある方角《ほうがく》をひたすら目指《めざ》した。

繰り出す片脚《かたあし》に全神経《ぜんしんけい》をのせながら、やっとのことで民家の前にたどり着いた。板戸《いたど》を叩《たた》こうと近づくと、張っていた絹糸《きぬいと》がぷつんと断ち切れた操《あやつ》り人形《にんぎょう》のように、ケンは前のめりに卒倒《そっとう》してしまった。

そのとき、民家では、ひとりの老婆《ろうば》が黒い髪《かみ》を振《ふ》り乱《みだ》しながら、乳飲《ちの》み子《ご》に祈《いの》りを捧《ささ》げていた。

十字架《じゅうじか》をかたく握《にぎ》りしめている老婆は、木皿《きざら》に盛った黒砂糖《くろざとう》を指でつまみ上げ、なにやら呪文《じゅもん》を唱《とな》えながら炎《ほのお》の中に投げ入れていた。

腰《こし》まで伸《の》びている老婆《ろうば》の長い白髪《しらが》交《ま》じりの黒髪《くろかみ》が、化《ば》け物《もの》が小躍《こおど》りしているかのように、影《かげ》となって石壁《いしかべ》に映《うつ》し出《だ》されていた。炎《ほのお》の勢《いきお》いが弱まるにつれて、呪文の声も小さくなっていく。より声が小さくなったところで、老婆の動きもぴたりと止まった。

突然《とつぜん》、老婆が振《ふ》り返《かえ》ると、地底《ちてい》を這《は》うような唸《うな》り声《ごえ》で部屋にいるものたちに、こう告《つ》げていた。

「〝東方《とうほう》からの使者《ししゃ》〟がこの子を救《すく》いにやってくる」

したたり落ちる汗《あせ》で、黒髪が額《ひたい》に貼《は》り付《つ》いている。

「白人《はくじん》でもなければ、混血《こんけつ》でもない。肌《はだ》が白く、髪が黒く、瞳《ひとみ》も黒い。その使者は東の方角《ほうがく》からやって来る」

ぱちぱちと音を立て、火花《ひばな》が飛び散り、火《ひ》の粉《こ》が舞《ま》っている竈《かまど》の前で、老婆ははっきりと伝《つた》えていた。

老婆の儀式《ぎしき》も、終わりに差《さ》し掛《か》かろうとしたときだった。

突然、板戸《いたど》にぶつかる激しい物音《ものおと》がした。すぐに男が板戸を開けると、足元《あしもと》にひとりの青年がザックを抱《だ》きかかえるような格好《かっこう》で、前のめりになって倒《たお》れていた。

男は青年を家の中にザックごと引き入れると、すぐに竈のそばに寝かせた。男はおそるおそる近づき、日に焼けた頬《ほお》にそっと触《ふ》れてみる。が、すぐに男は掌《て》を離してしまった。頬《ほお》があまりにも血の通《かよ》っていないかのような冷《つめ》たさだったからだ。

青年の髪は、垢《あか》と汗《あせ》で白く固《かた》まり、所々《ところどころ》に小さなこぶを作っていた。突然、ひび割《わ》れた唇《くちびる》がかすかに動いた。

「水、水……」

あえぐように言葉を発すると、青年はすぐにまた気を失ってしまった。

男は青年の乾《かわ》いた唇に水を含んだ布切《ぬのき》れをあてがい、水滴《すいてき》を垂《た》らした。足元を見ると、靴底《くつぞこ》は磨《す》り減《へ》り、つま先にはいくつもの大きな穴《あな》が空《あ》いている。すぐに靴を脱《ぬ》がし、穴の空いた靴下《くつした》を脱がそうと試《こころ》みるが、なかなか脱がせられない。ゆっくりと慎重《しんちょう》に脱《ぬ》がしていく。青年はどことなく苦痛《くつう》の表情《ひょうじょう》を浮かべているようにも見える。やっとのことで靴下を脱がし終えたところで、老婆は青年の足裏《あしうら》を見て、目を見開《みひら》いたまま、固《かた》まってしまった。足のマメが潰《つぶ》れ、赤黒いかさぶたが靴下に貼り付いていたからだ。足裏の土踏《つちふ》まずのところには、おはぎほどの大きさの水ぶくれもできていた。

男はレインウェア、セーター、汗《あせ》で濡《ぬ》れたシャツとズボンを一枚一枚剥《は》がすように脱《ぬ》がしていく。傍《かたわ》らでその様子を見ていた老婆《ろうば》は、ひときわ鋭《するど》い光を放つような眼で見つめると、青年の白い背中《せなか》を優《やさ》しく、そっと撫《な》でている。

「水を与《あた》えつづけるのじゃ」

老婆は男にそうとだけ伝《つた》えると、帰っていった。

浅黒《あさぐろ》く日に焼けた頬《ほお》、首筋《くびすじ》、白い背中を、男は湯で濡《ぬ》らした布で拭《ふ》いていった。拭《ふ》き終《お》えるとアルパカの毛皮で全身をくるみ、青年を竈《かまど》の前に寝《ね》かしつけた。

先ほどまで高熱で愚図《ぐず》っていた乳飲《ちの》み子《ご》は、ぐっすりと眠《ねむ》っている。

一昼夜《いっちゅうや》、男と女はほとんど寝ずに青年の汗を拭き、たっぷりと水分を含ませた布を唇《くちびる》にあてがい、水を飲ませつづけた。

翌朝《よくちょう》、白髪《しらが》交じりの長い黒髪《まげ》を後《うし》ろで束《たば》ね、杖《つえ》をもった老婆が再び民家にやってきた。

ケンは、老婆の入ってきた物音でゆっくりと目を開けた。

「ここは？　どうしてここにいるんだ？　えっと…、家の前まで来て……。あっ、そうか！　倒《たお》れたんだ。すると…、ここは…」

ケンがすぐに起き上がろうとするが、全身に強い痺《しび》れを伴《ともな》った激痛《げきつう》が走った。痛みを堪《こら》えながら、ゆっくりと上体《じょうたい》を起こし、辺《あた》りを見回すと、一瞬《いっしゅん》、目眩《めまい》がした。石を積《つ》み上《あ》げただけの壁《かべ》。藁《わら》のような草を葺《ふ》いただけの粗末《そまつ》な屋根。民家の中にいることはすぐに理解した。

男が竈に薪《まき》をくべている。その向かい側には、乳飲み子を抱《だ》きながらお乳《ちち》を飲ませている女もいる。部屋の奥には、炎《ほのお》に照《て》らされながら、逆立《さかだ》ちをして遊んでいる女の子の姿《すがた》も見てとれる。

ふと背中に殺気《さっき》のようなものを感じたケンが、後ろを振り返った。そこには胡座《あぐら》をかきながら、じっとケンを見据《みす》えている老婆の姿があった。老婆は呪術師《じゅじゅつし》の〝カイム〟と名乗《なの》った。カイムは乳飲み子を指さしながら、ジェスチャー混じりのスペイン語でケンにこう語りかけてきた。

「今、この子は熱を出して、苦しんでおる。おまえに助けることができるかい？」

「この子が？」

訛《なま》り混《ま》じりのスペイン語をなんとか理解《りかい》したケンは、ザックの中から白い錠剤《じょうざい》を取り出すと、親指と人差《ひとさ》し指《ゆび》で錠剤をすりつぶして粉末《ふんまつ》にし、それを水で溶《と》かして乳飲《ちの》み子《ご》の口に含《ふく》ませてあげた。

「これで治《なお》るのかい？」

カイムは、ケンのやることを片時《かたとき》も見逃《みのが》さずに、注意深く視線《しせん》を向けながら、ケンに訊《たず》ねた。

「多分《たぶん》…」

乳飲み子に水を飲ませながら、ケンは答えた。

カイムは、ケンにぷよぷよと軟《やわ》らかい黒いジャガイモの入ったスープを毎日食べるように勧《すす》めてきた。この土地で食べられている食べ物であったが、初めのうちはジャガイモが苦《にが》くてなかなか飲みこめないでいた。それでも、我慢《がまん》してジャガイモを胃《い》に流し込んでいった。

「その土地で食べられているものには、それなりの意味がある。その土地の食べ物が、その土地で罹《かか》る病《やまい》を治《なお》す」

この教えは、世界の山々を登ってきた正一から教《おそ》わった知恵《ちえ》でもあった。その教え通りに、ケンはジャガイモの入ったスープを我慢して食べつづけた。すると、その甲斐《かい》あってか、日を追うごとに、ケンのからだはみるみるうちに回復《かいふく》していった。

民家に来てから四日目の朝。もののあたる物音《ものおと》で目を覚《さ》ましたケンが、物音のする方を見ると女の子が壁《かべ》を使って、逆立《さかだ》ちをして遊《あそ》んでいた。からだを支《ささ》える力がないのだろう。逆立ちをしたまま静止《せいし》することができず、頭から崩《くず》れ落ち、思いっきり地面に頭を打ちつけていたが、それでも女の子はけらけらと笑っている。辺《あた》りには男、女、乳飲み子がポンチョ、マント、毛布をからだに巻きつけ、お互いからだを寄《よ》せ合《あ》いながら、寝息《ねいき》をたてて眠《ねむ》っていた。

ケンが女の子に名前を訊《き》くと〝サルミ〟と教えてくれた。この家の主人《しゅじん》が〝マルコ〟、その妻《つま》が〝シェリパ〟、熱も下がり笑顔《えがお》を見せるまでに元気になった乳飲み子は〝ミロ〟。八歳になったばかりだというサルミが、家族の一人ひとりの名前を教えてくれた。

翌朝、ケンが家族と一緒《いっしょ》に主食《しゅしょく》のジャガイモスープを飲んでいると、突然《とつぜん》、マルコが真剣《しんけん》な顔つきでケンの傍《かたわ》らにすり寄《よ》ってくると、なにやら耳元《みみもと》で囁《ささや》き始めた。

「ミロが元気になったのも、ケンのお陰《かげ》だ。何日でも好きなだけ、ここにいて欲《ほ》しい！」

わざわざ耳元で囁《ささや》くような話でもないのにと、ケンは一瞬《いっしゅん》思ったが、もちろん口には出さなかった。

潮風《しおかぜ》にさらされた漁師《りょうし》のような皺《しわ》だらけの顔を、くしゃくしゃにしながら満面《まんめん》の笑《え》みを向けてきた。

笑っているマルコの口元《くちもと》をよく見ると、前歯《まえば》が三本も抜《ぬ》けているのに気がついた。

「歯、どうしたの？」

「これか？　だれが一番高く石ころを投げて、うまくキャッチできるか、アルパカを賭《か》けて遊《あそ》んでいたら、捕《と》り損《そこ》ねたんだ」

けらけらと高笑《たかわら》いしながらマルコが教えてくれた。それ以来、ケンは、なぜか前歯の抜けたマルコの顔が一日中頭から離れず、あの歯の抜けた笑顔《えがお》を思い出すたびに、吹きだしてしまうのだった。

どうにかからだを動かせるまでに回復《かいふく》したケンは、お世話になったお礼《れい》にとマルコの農作業《のうさぎょう》を手伝うことにした。

ケンは、四日ぶりに外に出た。

雪解《ゆきど》けの水を含んだ、冷たい風が頬《ほお》にあたる。遥《はる》か前方には朝靄《あさがすみ》のかかったアンデス山脈《さんみゃく》の白い山並《やまな》みが連なっている。

白い山肌《やまはだ》から顔を覗《のぞ》かせている日射《ひざ》しを浴《あ》びて、民家の前の敷地《しきち》に放牧《ほうぼく》されたアルパカたちが下草《したくさ》を食べている。

鍬《くわ》と籠《かご》を担《かつ》いだマルコが、長い影《かげ》を曳《ひ》きながら段々畑《だんだんばたけ》までの坂道を下りていく。朝冷《あさび》えの中、赤、青、黄、緑と色鮮《いろあざ》やかな毛糸《けいと》で編《あ》んだキャップをかぶっているマルコは、毛糸のポンチョとパンツをはき、素足《すあし》には古タイヤのゴムで作られたサンダルを履《は》いていた。

「待って！　マルコ、手伝《てつだ》うよ」

ケンが、背後《はいご》から声をかけた。

「大丈夫《だいじょうぶ》だ。じゃ、サルミを手伝ってやってくれ」

サルミは二時間かけて、リャマ、アルパカ、羊《ヒツジ》を、さらに高所《こうしょ》の放牧地《ほうぼくち》に連れていき、草を食べさせて戻《もど》ってこなければならなかった。しかも、サルミの仕事はそれだけではなかった。放牧から帰ってくると畑仕事《はたけしごと》や燃料《ねんりょう》集めなど野良仕事《のらしごと》はいくらでもあった。なのに、サルミは一言も文句《もんく》をいわずに家の仕事を楽しそうにこなしていく。

アニメにでてきそうな青い空と白い雲。草原をそよ風がやさしく吹き抜けていく。

その晩《ばん》、家族みんなで夕飯《ゆうはん》をとっているところに、カイムが民家にやってきた。ケンに近づき、カイムは遠くを眺《なが》めるような澄《す》んだ目でケンの瞳《ひとみ》をじっと見つめながら、ゆっくりと語り始めた。

「おまえが来ることは、すでに分かっていたんじゃよ。山の精霊《せいれい》アチャチーラが教えてくれたんじゃ」

「アチャチーラ？」

「山の精霊のことじゃ」

「精霊……」

「東の方角《ほうがく》より使者《ししゃ》がやってくる。使者は先住民《せんじゅうみん》でも、中国人でもない。肌の白い、黒髪の青年がこの子を救《すく》うと教えてくれたんじゃ。おまえは、東方から来た使者《ししゃ》なんじゃ。これから山の精霊アチャチーラに見守られ、大いなる力をもつことになるじゃろう」

カイムはそうとだけ伝えると、抱《だ》き寄《よ》せるようにからだを近づけてきた。

「抗生物質《こうせいぶっしつ》を飲ませただけなのに……」

ケンは、タバコの葉の焦《こ》げたような匂《にお》いのするカイムに抱擁《ほうよう》されたまま、そう心の中で呟《つぶや》いていた。

カイムに見つめられていると、ケンはからだの芯《しん》が熱《あつ》くなり、みぞおちのところがくすぐったいような感覚があった。

そのとき、ケンは以前からもっていた疑問をカイムに訊《たず》ねてみた。

「私の国では、人間の手によって、飼《か》い主《ぬし》に捨《す》てられた動物（ペット）たちが無闇《むやみ》に殺《ころ》され、多くの木々が伐採《ばっさい》され、何万年もの長きに亘《わた》って害《がい》を及《およ》ぼしつづける物質（核物質《かくぶっしつ》）が作られています。どうすれば、人間の身勝手《みがって》な振《ふ》る舞《ま》いをとめることができるのでしょうか？」

すると、カイムは囁《ささや》くような声でゆっくりと語り始めた。

「すべての生きものには〝魂《たましい》〟があるのじゃ。命《いのち》がなくなっても〝魂〟は残りよる。人間だけでなく、動物、鳥、木々、草、虫すべてじゃ。人間が自然への畏怖《いふ》と感謝《かんしゃ》の心を忘れたとき、自然は人間に復讐《ふくしゅう》する。

人間が犯《おか》してしまっておる致命的《ちめいてき》な過《あやま》ち、それはいつか必ず死が訪れる、命ある者はいつか必ず終わりが訪れることを忘れていることじゃ！」

「……」

ケンはただ黙《だま》って、カイムの言葉に耳を傾《かたむ》けていた。

「自然には人間をも凌《しの》ぐ、大《おお》いなる力があるということを頭でなく、全身でもっと知るべきなんじゃ。いいかい、山の精霊《せいれい》アチャチーラに祈《いの》りを捧《ささ》げることじゃ」

ケンは、スープと一緒に入っている黒いジャガイモを指でつまんだ。それを口の中に放《ほう》り込《こ》みながら、カイムに訊《き》こうかどうしようか迷《まよ》っていた。木皿《きざら》を床にそっとおき、ケンはカイムを真正面《ましょうめん》に見据《みす》えながら訊《たず》ねてみた。

「あなたは、僕《ぼく》に大いなる力をもつことになるとおっしゃいました。その力とはなんなのですか？」

薪《まき》をくべた竈《かまど》の炎《ほのお》から、パチンと気泡《きほう》の破裂《はれつ》する音が部屋に響《ひび》いた。

ケンの心を見抜《みぬ》いているかのように、鋭《するど》い眼差《まなざ》しでカイムはケンを見据えてきた。

突然、カイムが脇《わき》に置いてあった杖《つえ》を取り上げると、ゆっくりと立ち上がった。

「ついてこい！」と言わんばかりにケンに一瞥《いちべつ》を与《あた》えると、板戸《いたど》を開け、外に出ていった。


突然、冷たい風が頰《ほお》に突《つ》き刺《さ》さる。

赤味《あかみ》がかった西空に浮かぶ夕日が、山並《やまな》みに沈《しず》もうとしていた。満天《まんてん》の星空に浮かぶ月明かりを受けた雲が、ゆっくりと流れていく。

段々畑《だんだんばたけ》に向かって、カイムは杖をつきながら、ゆっくり歩いていく。ケンもカイムの後につづく。

カイムが段々畑の手前で立ち止まると、遠く連なる山々を杖で指《さ》しながら、ケンに向かって叫《さけ》んだ。

「あの山が精霊《せいれい》の山じゃ。山の頂《いただき》に行くがよい」

「山頂《さんちょう》に…？」

月明かりを受け、青白く輝《かがや》く山並みの中に、ひときわ群青《ぐんじょう》の影《かげ》を映《うつ》している頂があった。

「頂《いただき》には何かあるのですか？」

「行けばわかる」

「あの山へは、どう行けばいいんですか？」

「ただ、山を目指《めざ》して行けばよいのじゃ。だが、決して楽な道のりではないぞ。精霊が大いなる試練《しれん》をお与《あた》えになるじゃろう」

精霊の山頂に何があるのか？　試練とは何なのか？　ケンはその答えに惹《ひ》かれるものを感じていた。

でも、もし自分の身に万が一のことでもあったら、旅をつづけることができなくなる。途中で旅をやめるわけにはいかない。南米の旅は、どうしても成《な》し遂《と》げなければならないのだ。

「なぜ、怖《おそ》れるんじゃ？」

カイムは、ケンの心を見透《すか》かしているかのように訊《たず》ねてきた。

「幼い頃《ころ》からからだが弱く、入退院《にゅうたいいん》を繰《く》り返《かえ》してきた。我慢《がまん》することだけを求められてきたんだ。いっそのこと殺《ころ》して欲《ほ》しいほどの痛《いた》みにも耐《た》え、食餌制限《しょくじせいげん》から好きな食べ物も食べられずに生きてきた。今まで必死《ひっし》になって、自分と闘《たたか》ってきたんだ。でも、体力にコンプレックス（劣等感《れっとうかん》）を抱《かか》えていることに変わりはない」

ケンは、心の中で呟《つぶや》いていた。

「僕は、ずっと体力で負けつづけの人生だった。だから、その体力でみんなをあっと言わせたい！　みんなを見返《みかえ》してやりたいんだ」

「おまえは、まだ若い。旅を成し遂げたら、次はどうするつもりじゃ。もっと過酷《かこく》な旅を探《さが》すつもりかい？

いいかい、覚《おぼ》えておくのじゃ。人は誰《だれ》でもコンプレックスを基準《きじゅん》にして、人生を考えていかざるをえない。大切なことはな、自分を深く知ることじゃ。自分の限界《げんかい》を知って、自分の使命《しめい》が何かを知ることじゃ！」

「……」

「もっともっと、目に見えないものに目を向けるがよい！　この世のすべてがあの輝く銀河《ぎんが》のように、渦巻《うずま》きながら変わりつづけておる。宇宙のパワーを全身で感じるのじゃ！」

カイムは、ひときわ強く光る夜空の銀河《ぎんが》を指差《ゆびさ》して言った。

手に持っていた杖《つえ》を地面に置いて、潅木《かんぼく》や枯《か》れ枝《えだ》を拾《ひろ》い始めた。もっていたマッチで枯れ草に火をつけると、ぱちぱちと音を立てながら炎《ほのお》は瞬《また》く間《ま》に、その輝《かがや》きを増していった。

日の落ちた闇《やみ》の中で、オレンジ色に燃《も》え盛《さか》る炎が草葺《くさぶ》きの家屋《かおく》を照らしていく。

カイムが、夜空に向かってぶつぶつとなにかの呪文《じゅもん》を唱《とな》え始めると、その声は次《し》第《だい》に大きくなっていく。

突然《とつぜん》、カイムが十字架《じゅうじか》を握《にぎ》り締《し》めた左手を頭上《ずじょう》に高く上げ、もう一方の手で十字を切りながら祈《いの》りを捧《ささ》げ始めた。もっていたピンガ（蒸留酒《じょうりゅうしゅ》）のビンの栓《せん》を抜《ぬ》き、一口飲《の》み干《ほ》した。

次の瞬間《しゅんかん》、握《にぎ》っていたボトルを天高く突き上げると、呪文のような言葉とともにピンガを炎の上に撒《ま》き散《ち》らした。

ぼっという音とともに一瞬、火柱《ひばしら》が立《た》ち上《のぼ》った。周囲《しゅうい》の暗闇《くらやみ》が、日中のような明るさに変わった瞬間だった。

同じことをやるようにと言わんばかりに、カイムはケンにボトルを差し出してきた。

燃え盛る炎と向かい合っていると、不思議《ふしぎ》と全身に力が漲《みなぎ》ってくるのが、ケンにもわかった。ケンは、カイムがしたようにボトルを夜空に向かって振り上げると、ピンガが空中に飛び散った。

するとと、カイムが大声で叫《さけ》ぶ。

「祈りとともに！　もっと高く！　もっと高くじゃ！」

ケンは、腕が飛んでいってしまいそうなくらい、思いっきりボトルを振り上げ、ピンガを夜空に撒き散らした。

「どうか、どうか、鳥海山をお守りください！」

ケンは、心の中でそう叫んでいた。

精霊《せいれい》が、それに応《こた》えてくれたかのようにボッという音を立て、オレンジ色の火柱が闇夜《やみよ》に立ち上った。

次の日の朝、

食事を終《お》えたケンは、ザックに荷物《にもつ》を詰《つ》め始めた。ケンは、その様子を見ていた家族たちを顧《かえり》みた。

「マルコ、シェリパ、サルミ、ありがとう」

ケンは、マルコとかたい握手《あくしゅ》を交《か》わした。

突然、マルコが家の奥《おく》に消えると、しばらくしてから大きなハサミを持って、現《あら》れた。

マルコがケンにハサミを握《にぎ》らせると、すぐに部屋を片付《かたづ》け始めた。床《ゆか》に色鮮《いろあざ》やかな赤、青、緑の糸で織《お》られたマントを敷《し》くと、その上にミロを座《すわ》らせた。マルコはただ意味も分《わ》からず、ケンにしわくちゃの笑顔《えがお》を向《む》けてくる。

「……」

ケンがどうしたらいいものかと思案《しあん》に暮《く》れていると、マルコがわざわざケンの耳《みみ》元《もと》に近づいてきて、聞こえるか聞こえないかの声でこう囁《ささや》き始めた。

「この村では、特別な人から髪《かみ》を切ってもらうと幸せになるという言《い》い伝《つた》えがあるんだよ。ケン、ミロの髪を切ってやってくれ！」

ミロは、何が始まるのかわからずに、きょとんとした顔をしている。ケンは手渡《てわた》されたハサミで、所々《ところどころ》が瘤《こぶ》のような塊《かたまり》になっている髪を、何の迷《まよ》いもなくサクサクと切り落としていく。

羊毛《ようもう》のように、ミロの髪の毛が束《たば》になっている分、簡単に切ることができた。ケンの切り方がうまいのだろう。ミロは怖《こわ》がることもなく、ケンに髪を切ってもらうことを楽《たの》しんでいるようにも見える。

マルコはその様子を見ながら、心の中で呟《つぶや》いていた。

「いつも嫌《いや》がって泣《な》くのに…やっぱり、この人はアチャチーラの使いだ！」

「これで、ケンは私たちのパドリーノ（代理父《だいりちち》）だ。もし私たちが死んだときには、この子の面倒《めんどう》を見てやって欲《ほ》しい」

と、マルコが笑いながらケンに握手《あくしゅ》を求めてきた。

ケンはマルコ、シェリパ、サルミの一人ひとりと抱《だ》き合《あ》い、頬《ほお》と頬を合わせ、別《わか》れの抱擁《ほうよう》を交《か》わした。

「ありがとう！　マルコたちがいなかったら、僕《ぼく》はどうなっていたか分からなかったよ」

「ケンこそ、ミロを救《すく》ってくれた命《いのち》の恩人《おんじん》だ。ケンはもう家族の一員だから、ケンの好きなジャガイモスープを食べたくなったらいつでも帰ってきてくれ！」

「ジャガイモスープ？　あっ、あぁ…ありがとう……。この恩は一生忘れない」

マルコの高笑《たかわら》いする前歯《まえば》の抜《ぬ》けた笑顔《えがお》を見ていたら、ケンは胸《むね》がつまり、鼻先《はなさき》がツーンとしてきた。すると、目から涙《なみだ》が溢《あふ》れ、頬を伝《つた》ってとめどもなく流れてきた。マルコも赤く充血《じゅうけつ》した目を潤《うる》ませている。シェリパも、掌《て》で涙をぬぐっている。

板戸《いたど》を開けると朝靄《あさがすみ》の中、白銀《はくぎん》の山並みから黄金色《こがねいろ》の光が全身に降《ふ》り注《そそ》いできた。眼下《がんか》には純白《じゅんぱく》の雲海《うんかい》が光を受け、ゆっくりと流れている。

ザックを上下に揺《ゆ》らしながら、後ろを振り返らずに、ケンはゆっくりと歩き出した。振り返ると別れが一層《いっそう》つらくなるからだ。

しばらく歩くと、遥《はる》か後方から、たどたどしい日本語がかすかに聞こえてきた。

「ケーン……アァー、リィー、ガァー、トォー」

サルミの声だ。

放《はな》し飼《が》いのリャマの番《ばん》をしていたとき、ケンがサルミに教えてあげた日本語だった。

ケンは堪《たま》らずに振《ふ》り返《かえ》る。豆粒《まめつぶ》ほどのサルミが手を振っていた。

しばらくは、頬を伝《つた》う涙もぬぐわず、ケンも腕《うで》を振りつづけた。

鼻水《はなみず》を垂《た》らしながら、けらけらと笑っていたサルミよ――。何度も失敗しながら、逆立《さかだ》ちを繰り返していたサルミよ――。大空を指さして、〝コンドル〟と叫《さけ》んでいたサルミよ――。リャマから振り落とされても、へらへらと笑っていたサルミよ――。坂道を下《くだ》りながら、サルミとともに過《す》ごした日々が、次から次へ脳裏《のうり》に浮《う》かんでは消《き》えていく。

東の空から昇《のぼ》っていく太陽が、黄金色《こがねいろ》から白色光《はくしょくこう》に変わる頃、サルミの姿《すがた》は光に溶《と》けるようにして見えなくなっていった。

第九章　山の精霊《せいれい》アチャチーラ

一九九〇年七月　南米《なんべい》ボリビアにて

燦々《さんさん》と照《て》りつける陽《ひ》を浴《あ》びながら、ケンはひたすら白く輝《かがや》く精霊《せいれい》の山を目指《めざ》した。水の飲みすぎ、食中《しょくあた》りから下痢《げり》と腹痛《ふくつう》でひどく苦しい道のりとなった。体調《たいちょう》を崩《くず》したときは、何も口にせず、ただ自然治癒《しぜんちゆ》するまで待つことを忘れてはいなかった。

幼《おさな》い頃《ころ》、自宅で飼っていた柴犬《しばけん》の玉三郎《たまさぶろう》がやっていた治療法《ちりょうほう》だ。玉三郎はなにか悪いものを食べ、体調がすぐれないようなときに、数日間何も口にせずにじっとして回復《かいふく》するのを待っていた。

精霊の山に向かわせているのは、一体《いったい》なんなのか？　ケンは自身に問《と》うてみる。

「目の前に立ちはだかる苦しみや試練《しれん》から逃《に》げてはいけない！　試練は人を成《せい》長《ちょう》させる。受け入れろ！」

自らの意志《いし》からでなく、深い谷底から突き上げてくる地響《じひび》きのような声が足裏《あしうら》を伝《つた》って、胸に込み上げてくる。

「あの声は？　誰の声なのか？　それともただの気のせいなのか？」

精霊《せいれい》の山を目指し、いくつもの緩《ゆる》やかな丘を越え、ある岩場《いわば》にたどり着いた。岩場から山頂《さんちょう》を振《ふ》り仰《あお》ぐ。遙《はる》か高所《こうしょ》に、立ちはだかる岩壁《がんぺき》が姿を現した。

近づいてみると身《み》の丈《たけ》ほどの岩が折り重なるように、行く手を阻《はば》んでいる。指やつま先がひっかかるほどのわずかな岩の凹凸《でこぼこ》や裂《さ》け目《め》を捜《さが》しながら登らないといけない。

どの岩の割《わ》れ目《め》に指をかけ、どの岩の突起《とっき》につま先をかけたらよいのかを捜していく。が、考えれば考えるほど、恐怖《きょうふ》が先き立ってしまい、身動きがとれなくなってしまう。

疲《つか》れ果《は》て、朦朧《もうろう》とする意識の中で山頂を振り仰いでいると、その場でからだが硬直《こうちょく》してくる。

「考えると、恐怖心が芽生《めば》えてくる。頭ではなくからだで感じろ！」

ゆっくり呼吸《こきゅう》を整《ととの》え、リラックスすることだけに集中し、からだがどうしたいのか耳をすましてみる。

「怖《おそ》れを解《と》き放《はな》つには、自分を好きになれたあの日、あのときの記憶《きおく》を呼《よ》び覚《さ》ませばいい。目にした色、耳に届《とど》いた音、風の匂《にお》いや素肌《すはだ》に触《ふ》れる感触《かんしょく》、その場の気配《けはい》すべてを…」

岩場から離れたところに生《は》えている低木《ていぼく》の下で、仰向《あおむ》けになってみる。しばらく呼吸を整えていると、下草《したくさ》の葉先が耳たぶをくすぐり、草木が揺《ゆ》れる葉擦《はず》れの音が聞こえてくる。

鼻から深く息を吸《す》い込《こ》み、ゆっくり長い息を口から吐《は》き出す。ただそのことだけに集中する。鼻孔《びこう》に生《は》える鼻毛《はなげ》を揺《ゆ》らし、空気を吸い込みながら胃袋《いぶくろ》を膨《ふく》らます。さらにゆっくり横隔膜《おうかくまく》を広げるように、腹全体を膨らませていく。反対に膨らませた腹の力を弛《ゆる》めれば、自然と息が吐き出される。息を吐き切るために、胃袋をほんの少しへこませてみる。これを何度か繰り返していく。すると、ある情景《じょうけい》が記憶の奥から蘇《よみがえ》ってくる。

中学三年の持久走《じきゅうそう》競技大会《きょうぎたいかい》の日。生まれてはじめて自分を好きになれた日の思い出だった。

ネフローゼも治《なお》り、からだのむくみはなくなっていたが、激《はげ》しい運動はなるべく控《ひか》えるようにと主治医《しゅじい》から告《つ》げられていた。

あの日、ケンは両親や主治医に内緒《ないしょ》で五キロの持久走競技大会に出場することを決めていた。

最下位《さいかい》でグラウンドに入ってきたとき、三年生全員から野次《やじ》混《ま》じりの拍手《はくしゅ》で迎えられたのが、気恥《きは》ずかしかった。

ラスト一周四〇〇メートルのグランドを走っているときだった。そのまま校庭《こうてい》を駆《か》け抜《ぬ》けてしまいたかったのは、トップでテープを切ったカンちゃんが駆《か》け寄《よ》ってきて、一緒《いっしょ》に併走《へいそう》してくれたときだ。

「ケン、いいか、絶対歩くなよ。そのままゴールだ！　おまえ、歩いたら、もう二度とエロ本貸《か》してやらねぇからな！」と叫《さけ》びながら、第四コーナーに差《さ》し掛《か》かったジョッキーのように何度も何度も僕の尻《しり》をタオルで打ちつけていた。

テープを切ったあとのことは何も覚えていない。どうやって医務室《いむしつ》に搬送《はんそう》されたのかも。気づいたら医務室のベッドに寝《ね》かされていた。足首《あしくび》、足裏《あしうら》、ふくらはぎ、太腿《ふともも》、腕《うで》、肩《かた》、からだの至るところに痛みがあり、丸太《まるた》のようにパンパンに腫《は》れているような感覚《かんかく》だけが両足にまとわりついていた。

白い間仕切《まじき》りカーテンの奥《おく》から聞こえてきたのは、確か電話で家族の誰かと話している、保健医《ほけんい》の水森《みずもり》薫《かおる》先生の声だった。

クリーニング屋から届《とど》けられたばかりのような甘《あま》い匂《にお》いのする枕《まくら》カバーに顔を埋《うず》めていると全身の力がすーっと抜《ぬ》けていった。

コップの縁《ふち》から水がこぼれるかこぼれないかのようなぎりぎりの緊張感《きんちょうかん》がいたたまれなくなり、いきなりコップの水をぶちまけて、空《から》っぽにしたときのような開放感《かいほうかん》に近かったのかもしれない。

幼《おさな》い頃からずっと人並みの体力もなく、普通《ふつう》にからだを動かすことができないことに引け目を感じて生きてきた。そんな自分が好きになれなかった。それまでの自分と決別《けつべつ》したくて、持久走競技大会に参加《さんか》することは、ケンにとって一《いち》か八《ばち》かの大勝負《おおしょうぶ》でもあった。

次から次に追《お》い越《こ》されても、ゴールまで一度も歩かずに完走《かんそう》できたことは、自分との勝負に勝ったことを意味していた。

病《やまい》と闘《たたか》ってきた十五年間の悲《かな》しみを一気《いっき》に吐《は》き出《だ》すように、布団《ふとん》を頭からすっぽりとかぶり、ケンは声を殺《ころ》して泣《な》いた。

しばらくすると、グラウンドから女の子たちの笑い声が聞こえてきた。とっても楽しそうに無邪気《むじゃき》にはしゃぎ合っている様子の声だった。そっと布団から顔を覗《のぞ》かせてみる。

一瞬、医務室が仄明《ほのあか》るくなった。風にやさしく揺れていたレースのカーテンの切れ目から西日が射《さ》し込《こ》んできた。

寄《よ》せてはかえす渚《なぎさ》のように波打《なみう》つレースのカーテンを布団の中でじっと見ていると、ゆっくり氷《こおり》が溶《と》けていくように心がほぐれていくのがわかった。

そのとき低木《ていぼく》の下で仰向《あおむ》けになっていると、ケンは頂《いただき》に佇立《ちょりつ》している自分の姿を、はっきりイメージすることができた。

雪解《ゆきど》け水を含む、凍《い》てつくような突風《とっぷう》が、頬《ほお》にあたる下草《したくさ》をなびかせた。ゆっくりと立ち上がり、頂上付近を仰《あお》ぎ見る。足元《あしもと》には白いガスが垂《た》れ込《こ》め始めていく。

自分で登山ルートを見つけ、登らなければならない。

「考えすぎるな！　選択《せんたく》の基準《きじゅん》は心がわくわくするか、どうかだ！」

あの声が背後《はいご》から迫《せま》ってくる。

遙《はる》か眼下《がんか》には、オレンジ色から紅色《くれないいろ》に変わる岩肌《いわはだ》を撫《な》でるように、ある雲が別の雲を飲み込むように流れていく。

「後ろを振り返るな！　前だけを見ろ！　無闇《むやみ》に、考えることに逃げてはならない！　考えず、〝今〟を生きろ！　今この瞬間《しゅんかん》を全身で楽しむんだ！　岩に触《ふ》れた感触《かんしょく》、目に映《うつ》る形、木々をゆらす風の音、雪解け水を含んだ風の匂《にお》い。一つひとつの感覚を全身で味わうんだ！」

あの声が下から突《つ》き上《あ》げるような地響《じひび》きとなってからだに伝わってくる。

岩に手をかけようと体勢《たいせい》を整《ととの》え、高所《こうしょ》を見上げる。中指《なかゆび》が掛《か》けられそうな溝《みぞ》を捜《さが》し、右斜《みぎなな》め前方につかめそうな突起《とっき》を見つけていく。突起をつかめば大きく前進することができるが、失敗すればバランスを崩《くず》し、三〇〇メートル下の岩にからだを叩《たた》きつけることになるだろう。

恐怖《きょうふ》が動きを止める。心身の疲労《ひろう》もピークに達《たっ》している。

一刻《いっこく》も早く登らなければ…という焦《あせ》りが腹の中で駆《か》け巡《めぐ》っていく。

徐々《じょじょ》に体重《たいじゅう》を右足に移《うつ》しながら、一《いち》か八《ばち》か目指す突起《とっき》に右腕を伸ばそうと試《こころ》みる。

突端《とったん》に四本の指先が掛《か》かる。指に意識を向《む》けていく。上腕二頭筋《じょうわんにとうきん》が震《ふる》え出《だ》し、なかなか思うように力が入らない。

四本の指に、すべての気持ちを向けていく。突起にかけた指を胸元《むなもと》に引き寄せながら、右足の太腿《ふともも》に力を込める。次の瞬間、突起から指先がすべり、岩から離れそうになる。


「自然を侮《あなど》ってはいけない！　一切《いっさい》の雑念《ざつねん》を捨《す》て、すべての力を一点に絞《しぼ》れ！」

真横《まよこ》から、あの囁《ささや》き声《ごえ》が聞こえてきたような気がする。

「自分のおかれている状況を客観的《きゃっかんてき》に理解《りかい》しろ！　その事実《じじつ》に謙虚《けんきょ》になれ！　執着《しゅうちゃく》を捨《す》て、自分を許《ゆる》すことを全身で覚《おぼ》えるんだ！　素直《すなお》な気持ちで心の声に耳を傾《かたむ》けてみろ！」

白いガスが足元から立《た》ち上《のぼ》ってくる。冷気《れいき》が火照《ほて》ったからだを冷《ひ》やしていく。

思わず額《ひたい》に滴《したた》る汗を掌《て》の甲《こう》でさすると、光沢《こうたく》を放《はな》つ汗がべっとりとまとわりつく。

容赦《ようしゃ》なく高所から凍《い》てつくような山風《やまかぜ》が吹きつけてくる。

どうにかして、寝床《ねどこ》になりそうな岩棚《いわだな》まで、たどり着けた。

倒れ込むように空を仰いでから、登ってきた岩壁を見下ろしてみる。地底《ちてい》から舞《ま》い上がる白煙《はくえん》のようなガスが迫《せま》ってきていた。

オレンジ色からピンク色へと移《うつ》ろいゆく雲海《うんかい》に凛《りん》としているのは、白い衣《きぬ》をかぶった連峰《れんぽう》だ。

人ひとりが横になるのがやっとの狭い岩棚に、ツェルト（簡易テント）を張ることにする。

すぐにザックから寝袋《ねぶくろ》とペグ（杭《くい》）を取り出すと、岩の割れ目を見つけ、そこにペグを打ち込み、寝袋とペグをくくりつける。岩棚ほどのスペースで寝返《ねがえ》りをうったら、忽《たちま》ち岩壁《がんぺき》を転《ころ》がり落《お》ちてしまうだろう。

夜明け前の酷寒《こっかん》に備えるため、ザックからあるだけのズボン下、シャツ、フェルトの履《は》き物《もの》を取り出す。それらを身につけてから寝袋にもぐると、どうにかからだの震《ふる》えがおさまった。

ザックを枕《まくら》にして、仰向《あおむ》けになり、目を閉じる。ツェルトが千尋《せんじん》の谷から吹き上げてくる風を受けてバタバタとはためいている。目を開けると、中空《ちゅうくう》に銀河《ぎんが》を眺《なが》めることができた。

「北極星《ほっきょくせい》と北斗七星は地球の裏側で光り輝《かがや》いているのだろうか。白く霞《かす》みがかったように見える銀河《ぎんが》は、鳥海山の山頂でも眺めることができるのだろうか。鳥海山より……」

星空を振《ふ》り仰《あお》ぎながら、祈《いの》る。

一定の周期《しゅうき》で太陽の周《まわ》りを回りつづけている地球。この星に生息《せいそく》している人類の身勝手《みがって》な欲《よく》だけで自然を破壊《はかい》していいとはどうしても思えない。

時折《ときおり》、夜空に消えゆく流星《りゅうせい》に思いを馳《は》せながら、深い眠りについた。


夜明《よあ》け前、凍《い》てつくほどの寒さでほとんど寝ていることができなかった。ツェルトの内側は白く凍《こお》り、吐《は》く息も白くなっていた。厚い生地《きじ》の綿《めん》シャツの上に、レインウェアを含め、五枚を着込み、下も五枚を履《は》くことにした。足には厚手《あつで》の靴下《くつした》三枚を身につけたが、寒さによる足先の痛《いた》みで寝つけなかった。

ここで凍死《とうし》するわけにはいかない。東の地平線が赤味《あかみ》を帯《お》びた紺色《こんいろ》に染《そ》まる頃、ヘッドランプを装着《そうちゃく》し、ツェルトを残したまま山頂を目指すことにする。

果たして頂上まで、あとどのくらいだろうか。赤茶色の岩が多く目につくようになってきている。両手を交互《こうご》に伸ばし、掴《つか》みやすそうな突起を慎重《しんちょう》に選びながら登っていく。

「怖《おそ》れてはならない。怖れは行動を鈍《にぶ》らせる。自分はどうしたいのか？　どうありたいのか？　正しい正しくないではなく、心がわくわくすることを具体的《ぐたいてき》にイメージすれば、あらゆる迷《まよ》いから自由になれる！」

谷底から迫《せま》り来るガスと一緒《いっしょ》に、あの声が迫ってくる。

突風《とっぷう》が襲《おそ》う。一瞬、ザックが左に煽《あお》られ、その勢いでからだが左にもっていかれる。その衝撃《しょうげき》で指が突起から離れたかと思ったら、からだが宙《ちゅう》に浮いた。その瞬間、骨盤《こつばん》に激痛《げきつう》が走った。気づいたときには岩に腰骨《こしぼね》を思いっきり打ちつけていた。その衝撃で小石がカラカラと音を立てながら、谷底へと転《ころ》がり落ちていった。

幸いにも、数百メートル下の岩場に全身を打ちつけずにすんだのは、岩と岩との溝《みぞ》にうまくからだが挟《はさ》まってくれたおかげだった。それでも、打ちつけた腰骨の痛みが治《おさ》まるまで、しばらくは起き上がることができなかった。

「つねに大《おお》いなる力に守られている、自分を信じろ！」

熱《あつ》い視線《しせん》を感じ、ふと頭上を振《ふ》り仰《あお》ぐと上空には黒白色《こくびゃくしょく》の斑点《はんてん》模様《もよう》をしたコンドルが旋回《せんかい》していた。

数回大きく羽ばたいてから、低木《ていぼく》にとまったコンドルは、射貫《いぬ》くような鋭《するど》い眼光《がんこう》を向けている。

山肌《やまはだ》を掃《は》き捨《す》てる突風《とっぷう》が、からだを大きく揺《ゆ》らす。

「よしっ、日の出までに絶対《ぜったい》に登り切るぞ！」

「明確《めいかく》な目標《もくひょう》を連呼《れんこ》し、気持ちを強くもて！」

赤茶色の鎖《くさり》が目の前に垂《た》れているのが視界《しかい》に入る。しっかりと両掌《りょうて》で鎖を握り、思いっきり胸元《むなもと》に引き寄せ、強度を確かめる。一瞬、鉄錆《てっさび》の匂《にお》いがする。片手ずつ伸ばし、鎖を手繰《たぐ》り寄《よ》せ、上へ上へとからだを引き上げていく。この鎖の先に頂上を臨《のぞ》むことができるのか。

額《ひたい》の汗をぬぐうとまた錆臭い匂いがした。どこか一箇所でも鎖が腐食《ふしょく》していれば、そこが断ち切れ、岩壁を転げ落ちてしまうだろう。恐怖心《きょうふしん》が甦《よみが》えってくる。

「自分を知り、自分の長所《ちょうしょ》をより高みに！　短所《たんしょ》を武器《ぶき》に変えていけ！　それ

が自分の殻《から》を破ることだ！　心をオープンに、すべてを受け入れ、素直《すなお》になれ！」

突然、視界が開けた。

「頂上か……」

山際《やまぎわ》にかかる雲の切れ目からオレンジ色の閃光《せんこう》が走る。日の出が間近《まじか》に迫《せま》っている。

鎖の先に広がっているのは、見渡《みわた》す限《かぎ》りの雪原《せつげん》だ。

「雪原を抜ければ山頂にたどり着けるのか」

高度四〇〇〇メートルの雪原の一本道をひたすら登るしかない。必ずたどり着けることを信じて。

山頂から吹《ふ》き降《お》ろされる突風が、歩みを阻《はば》んでいる。前かがみになると、先ほど打ちつけた腰骨《こしぼね》に激痛《げきつう》が走る。

ざっく、ざっく、ざっく、新雪《しんせつ》に足を取られながら、一歩ずつ足を前に繰《く》り出《だ》していく。

胸に響《ひび》くのは、耳たぶを震《ふる》わす風音《かざおと》。

スースー、ハーハー、スースー、ハーハー

懐《なつ》かしいリズムだ。

仰《あお》ぎ見ると、石と石の間からオレンジ色に光《ひか》り輝《かがや》く朝日が射《さ》し込んできた。

三枚の石で組まれた巨大石《きょだいせき》は、ストーンヘンジのような古代遺跡《こだいいせき》なのだろうか。

「だれが何のために……」

ゆっくりと巨大石に近づき、人ひとりくぐり抜けられる門構《もんがま》えの前に立ちすくんだ。

稜線上《りょうせんじょう》をものすごい勢《いきお》いで流れていく突風に曝《さら》されながら、あざ笑っているかのように巨大石は毅然《きぜん》とそこに佇立《ちょりつ》している。

掌《てのひら》で巨大石を撫《な》でながら、通り抜けてみる。白い粒《つぶ》の粗《あら》さが掌に伝わってくる。

ひょっとしたら、太古《たいこ》からの記憶《きおく》を刻《きざ》んでいる石なのかもしれない。

石に頬《ほお》を当て、腹を密着《みっちゃく》させ、そっと瞼《まぶた》を閉じてみる。すると心地よい痺《しび》れが頭から心臓《しんぞう》を貫《つらぬ》き、足先まで炭酸水の泡《あわ》のようにジュワーっと弾《はじ》け抜《ぬ》けていく。抜けていった痺れは、やがて温《ぬく》もりへと変わっていく。

ひとつ息《いき》をつくと鳥肌《とりはだ》が立った。いつまでもこうしていたいような懐かしさとともに、石に刻《きざ》まれた思いが胸に響《ひび》いてくる。

不思議《ふしぎ》と、すっぽり雪を被《かぶ》った鳥海山の岩が脳裏《のうり》に浮《う》かんだ。

ブナの木の萌《も》える匂《にお》いがした。

抑《おさ》えきれないほどの愛《いとお》しさが込《こ》み上《あ》げ、遮《さえぎ》るもののない山頂で巨大石を抱《だ》いてみる。

背中に熱いものを感じ、上空を振り仰ぐ。黒白色《こくびゃくしょく》の斑点《はんてん》模様《もよう》をしたコンドルが、天高く自らの存在を知らせているかのように雄々《おお》しく飛び回っている。

ひとつの巨大石の上に仰《あおむ》向けになり、飛翔《ひしょう》するコンドルを眺《なが》めていると、不思議とコンドルとの距離が少しずつ狭《せば》まっていく。

目を閉じてみる。

心の中でひとつ瞬《またた》きすると上体が消え、頭部だけになった。また、ひとつ瞬きをすると頭部が小さくなり、顎《あご》から足が生《は》え、首から尾っぽが伸び始め、頬《ほお》から翼《つばさ》が生えてきた。ちょっとずつ、コンドルになっていく。遙《はる》か上空からコンドルの目を通し、大地に仰《あおむ》向けに寝ている自分を見下《みお》ろしている。

そうしていると、ある懐かしさのあとに、どことなく愛《いと》おしい気持ちが込み上が

ってくる。

どのくらい目を瞑《つぶ》っていたのであろうか。

目を開けると、先ほどのコンドルがすぐ近くの巨大石に舞《ま》い降《お》りてきていた。周囲を警戒《けいかい》しているかのように鋭《するど》い眼光《がんこう》をこちらに向けると、すぐに大空へと飛び立っていった。

突然、胸に、ある熱い思いが湧《わ》き上がってくる。

〝いのち〟を育てる太陽が、岩場を削《けず》る清流《せいりゅう》が、バクテリアを吸収《きゅうしゅう》する植物が、植物を食する草食動物《そうしょくどうぶつ》が、草食動物を狩《か》る人間が、微粒子《びりゅうし》によって破壊《はかい》される細胞《さいぼう》が、今、この星《ほし》の表面に貼《は》り付《つ》いて共《とも》に生きている。すべての〝いのち〟が、ここにある。

そして、すべては変わりつづけていく。

腹の奥底《おくそこ》から込み上げてくるような喜《よろこ》びに包《つつ》まれる。

「どうか、どうか、鳥海山をお守《まも》りください」

数十億《すうじゅうおく》光年《こうねん》後には、おそらくこの星《ほし》は火の玉となり、粉々《こなごな》に砕《くだ》け散《ち》ってしまうであろう。そのまた数億光年後には、時空《じくう》を超《こ》えて、あらゆる粒子《りゅうし》の一つひとつが、黒い穴《あな》の中に吸《す》い込《こ》まれてゆくのだろうか。大地から突き上げてくるエネルギーが光の渦《うず》に飲み込まれてゆく。

その後も、ケンは南米の旅をつづけた。飢《う》え、渇《かわ》き、腹痛《ふくつう》、下痢《げり》に悩《なや》まされつづけながらも、ひたすら歩きつづけた。

アルゼンチンのある街では、水筒《すいとう》に、しこたま水分を補給《ほきゅう》してから、歩き始めた。ところが、頭上から容赦《ようしゃ》なく照りつける日射《ひざ》しの強さとひどい倦怠感《けんたいかん》から、すぐに水筒の水が底をついてしまった。

「喉元《のどもと》がきりきり痛《いた》くなるくらい、よく冷《ひ》えた水が飲みたい！」

こういう日に限って、無風《むふう》だった。額《ひたい》に浮き出てきた汗も、白い塩に変わっていく。トラックが行《い》き交《か》う車道沿《しゃどうぞ》いを歩いていると、小さな水たまりを見つけた。

近づくと、もとは大きな水たまりだったところが蒸発《じょうはつ》し、小さな水たまりを形づくっていた。わずかに残っている水たまりに近寄ってみると、水底《みなそこ》に浮いた草が黒く苔《こけ》むし、ごみも一緒《いっしょ》に浮かんでいた。しかも、よく目を凝《こ》らして見ると、ボウフラか、イトミミズの赤ちゃんのような生き物が、くねくねと黒い苔の周《まわ》りを泳いでいる。

通常《つうじょう》なら、絶対に飲むことなどありえないだろう。しかし、このときばかりは、ケンのからだは極度《きょくど》の疲労《ひろう》と喉の渇《かわ》きから平常心《へいじょうしん》を保《たも》てなくなっていた。

ケンは、両掌《りょうて》で水をすくい取り、

「イトミミズも立派《りっぱ》なタンパク源だ。大切な自然を守《まも》ろうとしている人間を山の神様が死なせるはずないよなぁ…、どうか急性肝炎《きゅうせいかんえん》にだけはかかりませんように…」

と、心の中で祈《いの》りながら水を口にした。

パタゴニアでは、極寒《ごっかん》マイナス三〇度を超《こ》える大雪原の中、向かい風に逆《さか》らいながら歩きつづけた。

それが、大西洋に近づくにつれて雪が減っていき、雪にとって代わる、ものすごい暴風雨《ぼうふうう》に襲《おそ》われた。

「鳥海山にもこんな暴風が毎日吹けばいいんだ。そうすれば、業者《ぎょうしゃ》がリゾート開発しようなんて考えないだろうに…」

ケンは暴風に抗《あらが》いながらも、ひたすらゴールに向かって歩きつづけた。

ついに一九九一年九月、ケンは南米《なんべい》最南端《さいなんたん》の町アルゼンチン領《りょう》のウスアイアに到《とう》着《ちゃく》した。丸三年かけ、北南米大陸《ほくなんべいたいりく》徒歩《とほ》縦横断《じゅうおうだん》の旅を成《な》し遂《と》げたのだ。

ケンは、そのままゴールの南米大陸最南端パタゴニアのウスアイアからバスに乗り、ブエノスアイレスに向かった。そこから飛行機に乗り換え、一九九一年十一月、チリのサンチャゴ経由《けいゆ》で日本に帰国《きこく》した。

第十章　最後の鳥海山登山《ちょうかいさんとざん》

一九九一年十一月　鳥海湖畔《ちょうかいこはん》にて

金属音《きんぞくおん》を響《ひび》かせながら、〝特急いなほ〟が鶴岡駅《つるおかえき》のホームに滑《すべ》り込《こ》んできた。出《で》迎《むか》えに来ているのは、正一、アキ。そして、親戚《しんせき》や地元《じもと》の人たち。

ホームに降り立った乗客たちが、次々と改札口《かいさつぐち》から出てくる。自信《じしん》に満《み》ちた足取《あしど》りで出てきた中に、日焼《ひや》け顔《がお》の若者がいた。

「あっ、いた。ケンちゃん！」

アキが大きく手を振《ふ》って叫《さけ》んだ。

三年前、最後に成田空港で目にした、頼《たよ》りなげなケンの姿《すがた》を正一は目で捜《さが》した。

「ケンちゃん、お帰り」

アキがケンに近づき、声を掛けた。

アキを見つけたケンは、小麦色《こむぎいろ》に日焼けした顔に白い歯を覗《のぞ》かせながら恥《は》ずかしそうに近づいてきた。

「出迎《でむか》え多いって…」

ケンが照《て》れながら独《ひと》り言《ごと》のように言うと、親戚《しんせき》たちから差し出された手に、一人ひとり握手《あくしゅ》をして回った。

「ケンちゃん、お帰り」

「ケンちゃん、太《ふと》ったんじゃねぇが。いっぱいうまいもん食べてきたんだべゃ」

美智子《みちこ》叔母《おば》さんはケンの腕を撫《な》でながら冷《ひ》やかした。

「ケン坊、もっと汚《きた》ねえ格好《かっこう》で帰ってくるがど思ったたんけど、かっこつけできたな。テレビカメラでも意識《いしき》してきたんだべ」

松本の叔父《おじ》さんがみんなの笑いを誘《さそ》っている。

正一は、ケンが無事に帰ってきた喜びの中で、なんとなく遠いところに行ってしまったような一抹《いちまつ》の寂《さび》しさに戸惑《とまどい》を感じていた。

「よく最後までがんばったな」

そう言って、正一はケンと固《かた》い握手を交《か》わした。掌《て》を握った瞬間、旅で経験した苦しみ、悲しみ、喜《よろこ》びがぎっしりとつまった肉厚《にくあつ》な感触《かんしょく》が正一の掌に伝わってきた。

と同時に、正一は自分がひと回り小さくなってしまったような切《せつ》なさも感じとっていた。

しかし、ケンにも受け入れなければならない悲《かな》しい現実も待っていた。ケンが幼《おさな》い頃《ころ》から、母親に代わって面倒《めんどう》を見てくれた祖母《そぼ》のトキが、天国《てんごく》に旅立《たびだ》っていたことだった。

トキの危篤《きとく》の知らせは、旅の途中、実家《じっか》からアルゼンチンの宿泊先《しゅくはくさき》に届《とど》けられた電報《でんぽう》で知らされた。電報を受け取ったケンが、すぐに国際電話をかけたときには、すでにトキが亡《な》くなった後《あと》だった

翌日、ケンは新聞《しんぶん》記者《きしゃ》からの取材《しゅざい》を受け、後日《ごじつ》には、記事を読んだ友人たちからの電話が自宅にひっきりなしにかかってきた。しかも、電話だけでは物足《ものた》りず、来訪《らいほう》してくる者まで現われた。ケンはあっという間に町内で時の人となっていった。

十一月のある晩、ケンの二十六回目の誕生日《たんじょうび》を正一、アキ、綾子、家族四人で祝《いわ》った。食後、コーヒーを飲みながら正一が、こう切り出した。

「ケン、来週の日曜日、冬の鳥海山を登りに行くけど、一緒《いっしょ》に行くか？」

「ああ、いいよ」

「そうか、一緒に来るか。よし、それじゃ、酒をいっぱいもって行こう！　ケンがいるから心強いな。こりゃ、いいシェルパ（荷を担《かつ》ぐ人）ができたわ」

酒《さけ》の酔《よ》いも手伝《てつだ》い、正一は豪快《ごうかい》に笑って言った。

「でも、酒を担ぐのは構《かま》わないけど、酔っ払って山を下《お》りて来れなくなっても知らないぞ。酔っ払いを担いで下りてくるのだけは、勘弁《かんべん》してくれよな」

ケンが、すかさず突《つ》っ込《こ》みを入れた。

「ケンちゃん、この板チョコは私のだからね！」

「姉《ねえ》ちゃん、いい歳《とし》してケーキ一つでがっつくなよ！」

ロウソクの火を吹き消すために、蛍光灯《けいこうとう》の消された居間に二十六個のほのかな明かりと、窓ガラスを震《ふる》わすほどの笑い声が、夜の闇《やみ》に溶《と》けていった。

白一色におおわれた鳥海山。積雪量《せきせつりょう》日本一を誇《ほこ》る鳥海山の雪は、猛烈《もうれつ》な北西からの季節風《きせつふう》によって降り積もる。

冬の鳥海山は、夏山とは異なる表情を見せる。すべての道という道が雪におおわれ、かなりの登山経験《とざんけいけん》のある者や土地勘《とちかん》のある者以外の侵入《しんにゅう》を拒《こば》んできた。昨日の吹雪《ふぶき》が嘘《うそ》のように雲一つなく、そこには白銀《はくぎん》の世界が広がっていた。日射《ひざ》しを浴《あ》びて新雪がぎらぎらときらめいている。

鉾立登山口《ほこだてとざんぐち》の山道《やまみち》で、正一はいつものようにカップに入っている日本酒を、ケンは缶ビールに入っているビールを大地に垂《た》らし、祈《いの》りを捧《ささ》げてから登り始めた。登山前にいつも執《と》り行《おこな》う儀式《ぎしき》はなにひとつ変わっていない。

ぎゅっ、ぎゅっと登山靴で踏《ふ》みかためられた足跡《あしあと》をなぞるように、正一は慎重《しんちょう》に登っていく。トップはケンがラッセル（除雪《じょせつ》）しながら登山道を作ってくれている。

鉾立の登山口から六合目の賽《さい》ノ河原《かわら》を過ぎたあたりから白いガスがでてきた。夏に見られるチシマザサの小道が一面の雪景色《ゆきげしき》に姿を変えている。

鳥海山は、濃《こ》いガスに包《つつ》まれると、一気《いっき》に方向感覚《ほうこうかんかく》がなくなる。とくに、冬山登山ではからだの感覚と経験だけを頼《たよ》りに進むしかなくなってくる。

トップを行くケンには、まったく迷《まよ》いが見られない。北南米大陸の大自然の中を歩いてきたことで、からだの感覚がより研《と》ぎ澄《す》まされているのだろう。

鳥居《とりい》の奥《おく》になる七合目の御浜小屋《おはまごや》に着く頃《ころ》には、かかっていたガスが一気《いっき》に晴れだしていた。

「一服《いっぷく》いれるか！」

小屋にザックを下《お》ろし、正一はそう心の中で呟《つぶや》いた。すでにケンは一足先《ひとあしさき》にザックを小屋に置くと、湖畔《こはん》に駆《か》け下《お》りて行った。タオルで汗をぬぐっているが、息はまったく切れていないようだ。

「待っていたかのように晴れだしてきたな」

一面雪で覆《おお》われた、噴火口《ふんかこう》跡《あと》の底に鳥海湖の湖水《こすい》がぽっかりと口をあけて、ケンを待ちかまえていた。


いのちあるものの音という音が、薄氷《はくひょう》の世界に完全に飲み込まれている。動きあるものは、心臓《しんぞう》の鼓動《こどう》と吐《は》く息《いき》の白さだけだ。

「父《とお》さん、写真撮《と》ってくれないかな」

湖畔の方から、ケンの叫《さけ》ぶ声が聞こえる。

昔、幼《おさな》いケンを背負子《しょいこ》でおぶって初めて鳥海山に登った日のことを、数年前の出来事《できごと》のように正一は記憶《きおく》のテープを巻《ま》き戻《もど》していた。

あの日は、長梅雨《ながつゆ》も終わり、鳥海山は雲ひとつない、久しぶりの好天《こうてん》に恵《めぐ》まれていた。

Tシャツと短パン姿の正一が、石敷《いしじ》きの山道を登っていた。

「もう少しで小屋だ。そこで休憩《きゅうけい》するとしよう！」

背負子にしがみついているケンに語りかけた。近くでさえずっていたウグイスの声が薄《うす》れてゆく。

スースー、ハーハー、スースー、ハーハー

クマザサの葉擦《はず》れの音。ブナから染み出る樹液《じゅえき》の匂《にお》い。山頂へつづく石畳《いしだたみ》の道が天国への回廊《かいろう》のように青い空に向かってのびている。

「ケン坊、大きく、なったら、冬山を、一緒《いっしょ》に、登ろうなぁ…。そのときに…、オットータンの、好きな酒を、いっぱい、担《かつ》いでくれよ…。オットータンが、歳《とし》で、歩けなくなったら、ケン坊におぶって、登ってもらうからなぁ…」

息を切らし、俯《うつむ》きながら語りかけていた。
ピィーッ、ピィーッ
「わかったよ、オットータンをおぶって、一緒に登ってあげるよ！」
ケンがそう答えてくれているかのように、熊《くま》よけの笛《ふえ》を鳴《な》らしていた。

「そうだ。確かこの鳥海湖畔で、テントを張《は》ったんだ」

あの日から、正一はケンを背負子でおぶって鳥海山を登るようになった。それにしても、写真を撮《と》ってほしいとケンから正一に頼《たの》むのは初めてのことだ。

「珍《めずら》しいなぁ、写真撮ってくれなんて…、こんな靄《もや》のかかりそうなときでなく、春になってからでもいいだろうに…」

「どうしても撮ってよ」

そう言って、ケンは譲《ゆず》らなかった。

突然、雪に埋もれたチシマザサの奥から奇怪《きかい》な啼《な》き声《ごえ》をあげて、一羽の鳥が飛び立っていった。

湖を背に、正一はケンにピントを合わせ、シャッターを押《お》そうとした。

そのとき、薄い靄がケンを飲み込みながら、目の前を流れていく。

さきほどの鳥が弧《こ》を描《えが》きながら、上空を飛んでいる。

西日も傾《かたむ》き、白から黄、オレンジ、赤に染《そ》まった山肌《やまはだ》に守られ、二人はテントの外でインスタントラーメンを食べ、もってきたウイスキーでお湯割《ゆわ》りを作って飲んだ。

山頂を見上げると、夕日を浴びた岩壁《がんぺき》が真っ赤に染まっている。

瞬《また》く間《ま》に夕日が日本海に沈むと、流れる雲の切れ目から無数の星屑《ほしくず》が姿をあらわした。

ウイスキーを一気に飲み干してから、正一がどうしてもケンに訊《き》いてみたかったことを口にした。

「ところで、旅で一番辛《つら》かったことはなんだったんだ？」

「そうだなぁ…、いろいろあったけど…自分の身《み》に降《ふ》りかかることなら、自分で努力《どりょく》すればどうにか解決《かいけつ》できたんだ。でも、鳥海山のことだけは自分ではどうすることもできなかった。何かしてあげたくても、どうすることもできなかった。そのことが一番辛かったよ。鳥海山のブナ林が丸裸《まるはだか》にされた夢《ゆめ》を見て、うなされたことが何度もあった」

そう言って、ケンはゆっくりとカップに入ったウイスキーのお湯割《ゆわ》りを飲《の》み干《ほ》した。

正一は、ケンの意外《いがい》な答えに驚《おどろ》いた。あの国のあの場所で寒くて死にそうになったとか、人に騙《だま》されたとか、そういう話をたくさんしてくれるものとばかり思っていたからだ。

鳥海山の開発を伝える手紙を正一は、コロンビアのボゴタの宿泊先に送ったことがあった。

その手紙を受け取ったケンは、すぐに実家《じっか》に国際電話をかけてきている。

「鳥海山の自然破壊《しぜんはかい》に比《くら》べれば、僕の旅なんか、大したことないよ。やり遂げようという気持ちが萎《な》えてしまいそうだ。すぐに帰って手伝《てつだ》え！　とお父ちゃんに言われれば、すぐ日本に帰ってもいいよ…」と、ケンが正一に心の内を打ち明けていた。

「自分でやると決めたことだろう。最後までやり遂《と》げろ！」

正一は、厳《きび》しい口調《くちょう》で諭《さと》したこともあった。

月明かりの中、それまで上空を旋回《せんかい》していた鳥が、一羽から二羽に増えていた。そのうちの一羽が、テント近くのブナの木にとまった。食べ物の臭いを嗅《か》ぎつけたのか。こちらの様子を窺《うかが》っているようにも見えた。

「これからどうするつもりだ？」

長い沈黙《ちんもく》を破るように正一が、ケンに訊《たず》ねた。

「北南米大陸《ほくなんべいたいりく》を歩いていて気づいたんだ。北南米の自然は荒々《あらあら》しく、乾《かわ》ききり、情《なさ》け容赦《ようしゃ》なく牙《きば》を剥《む》いてくる。それに比《くら》べると、日本の自然はやさしい気持ちにさせてくれる。四方を海に囲まれ、清流《せいりゅう》も多いし、ましてや鳥海山は珍《めずら》しいブナの木々が生《お》い茂《しげ》り、豊かな草木に恵まれている。多くの小動物や高山植物を見ていると、ぎすぎすした心を癒《いや》してくれる。そのことに気づいたんだ」

ケンは、ウイスキーをカップに注ぎながら言った。

「ケン坊をずっと見守《みまも》ってきた山だからなぁ…。もうひとりの母親のような存在《そんざい》なのかもしれないなぁ」

正一はそう言って、残りのウイスキーを一気《いっき》に飲《の》み干《ほ》した。

「入退院《にゅうたいいん》を繰《く》り返《かえ》していた頃、ベッドの上で痛みに耐《た》えながら、ふと病室の窓から外を眺《なが》めると、いつも鳥海山が見守ってくれていた。この山にどんなに勇気《ゆうき》をもったことかわからない。だから、今度は僕がこの山に恩返《おんがえ》しがしたいんだ。これから、お父ちゃんと一緒にこの山の自然を守っていきたいと思っている。今回の旅で、そのことがすごくよくわかったよ」

それまで上空にかかっていた雲が消え、星座図鑑《せいざずかん》に載《の》っているような星々がきらめいていた。

すーっと一筋《ひとすじ》の光が流れていった。流れ星だ。庄内平野《しょうないへいや》から吹き上げてくる風の音がかすかに聞こえてきた。

どのくらい星空を見上げていたのだろう。ケンは両耳に掌《て》のひらを当て、耳をすましてみた。耳たぶにあたる風の音が消え、静寂《せいじゃく》の中に木々の擦《す》れる音がかすかに聞こえてきた。

「それで、これからどうするつもりなんだ?」

しばらくしてから、正一が呟《つぶや》くように訊《たず》ねた。

「英語の勉強をしようと思っている! 勉強しなければ何もできないってことがわかった。まずニューヨークの語学学校へ英語を勉強しにいく。それから米国の大学で森林生態学《しんりんせいたいがく》を勉強しようと思っている。そのために、まず東京に行って、一年間働きながら学費《がくひ》を稼《かせ》ぐことにする」

頭上にきらめく満天《まんてん》の星空を見上げながら、ケンは正一にそう伝えた。

黙《だま》って聞きながら、正一は心の中で叫《さけ》んでいた。

「好きなように生きていけばいい…。ケン坊、おまえの人生なんだから…。もう私からは何も言うことはない！　おまえならやっていけるだろう！　ここまでひたむきにがんばってやってきたんだ。やりたいようにやっていけばいい！」

ケンが生まれてから、山行《さんこう》の回数はすでに百七十八回を数え、うち鳥海山に登った回数は五十回に上《のぼ》っていた。

第十一章　元《もと》ホストの悲しみ

一九九二年一月　新宿中央公園にて

年も明けた一月下旬、新宿副都心《しんじゅくふくとしん》の高層ビル群の中を冷たい北風が吹き抜けた。コートの襟《えり》を立てたサラリーマンが、横断歩道を小走《こばし》りに渡っていく。

去年の十一月末から、ケンは歌舞伎町《かぶきちょう》の鉄筋《てっきん》八階建ての建築現場で鳶《とび》のアルバイトを始めていた。

南米に出発する前にも、すでに世話になっていた建設会社だ。三年ぶりだった。アルバイトはケンの他に麻生信也《あそうしんや》がいた。数ヶ月前まで、麻生は歌舞伎町でホストをしていたと話していた。

「シンでいいっすよ」

白いヘルメットから茶髪《ちゃぱつ》をはみ出させたシンが、作業靴《さぎょうぐつ》のひもを結びながら、面倒臭《めんどうくさ》そうに教えてくれた。

　工事が大分《だいぶ》遅《おく》れているためか、建設現場では張《は》り詰《つ》めた空気に包まれていた。親方《おやかた》から仕事に慣《な》れるまで、ケンとシンは、トラックで運ばれてきた資材《しざい》を一階の作業現場まで運ぶ、資材の搬出入《はんしゅつにゅう》する作業を任《まか》されていた。

　他の大きな資材や機具は、建物に備えつけのクレーンで階上《かいじょう》まで吊《つ》り上《あ》げていた。

「ケンちゃん、おっ、三枚いくってか。腰やられんなよ！」

　資材運搬用のトラックを運転しているエイちゃんが、ケンに声を掛けてきた。

　エイちゃんとケンとは、同じ山形生まれで同じ歳《とし》だった。

「おらぁ、内陸《ないりく》の村山地方んだぁ」

　ケンがエイちゃんと話すようになったのは、ケンが身につけていた庄内《しょうない》高校のトレーナーを見て、エイちゃんが声を掛けてきてくれたのがはじまりだった。

「何枚持っても、時給《じきゅう》変わらないでしょ。ケガしないように、てきとーにやったほうがいいっすよ。うちら社員じゃないんだから…」

　シンはケンとすれ違いざまに、耳元《みみもと》でぼそぼそと囁《ささや》いてくる。

　ケンは、コンクリート用の型枠《かたわく》（畳一畳《たたみいちじょう》分ほどの大きさの耐水性《たいすいせい》の合板《ごうはん》）の下に片手を差し入れ、もう一方の手で型枠を支《ささ》えるようにして肩に寝かせて運んだ。

指にちぎれそうな痛《いた》みが走る。背筋《せすじ》を伸《の》ばし、型枠《かたわく》の重さを腕《うで》ではなく、腰にのせるような感じで、へそのあたりに気持ちを向けていく。するとからだが安定《あんてい》し、楽《らく》に歩くことができた。

すれ違《ちが》いざまにシンを見ると、型枠一枚で足元をふらつかせながら、今にも泣きだしそうな顔をしている。

三年前、ケンも仕事に慣《な》れるまでは、ふらふらになりながらつづけていた日々を思い出していた。自分の体重ほどの重さの資材をもち、狭《せま》い通路を一日何十往復《おうふく》もさせられた。

作業《さぎょう》の終わる頃には、腕と指にも力が入らず、蛇口《じゃぐち》も捻《ねじ》れないくらいに筋肉《きんにく》がぱんぱんに張《は》っているような有様《ありさま》だった。

その頃、ケンは横浜《よこはま》の姉のアパートに居候《いそうろう》させてもらっていた。

作業現場のある新宿からグリーンの電車の山手線《やまのてせん》に乗り込み、品川駅でブルーの電車の京浜《けいひん》東北線《とうほくせん》に乗《の》り換《か》え、横浜まで帰っていた。いつも混《こ》み合《あ》っている山手線の車内で幸運《こううん》にも座《す》われたときには、バイトの疲れから居眠《いねむ》りしていて品川駅を乗《の》り過《す》ごしてしまうことはしょっちゅうだった。

また、着替《きが》えのとき、上着のボタンを外《はず》すのにも指に力が入らず、腕《うで》も上がらず、姉がよそってくれたご飯《はん》茶碗《ちゃわん》をなかなか受けとれず、腕を上げることすらできなかった。

「今に、からだを壊《こわ》すからね！」

アキが、ケンの痛々《いたいた》しい姿を見かねて心配してくれた。

「一日も早く、留学《りゅうがく》費用《ひよう》を貯《た》めて、アメリカに行かないと…。慣れるまでは辛《つら》いけど、慣れてくれば、皿洗《さらあら》いのバイトを増やそうと思っている」

ケンは、ご飯をかき込みながら呟《つぶや》くのだった。

「アメリカに行く前に過労死《かろうし》でもしたらどうするのよ！　死んだら元《もと》も子《こ》もないじゃない！」

こんなようなやりとりが一週間以上もつづいた。

「ケンさん、一服《いっぷく》していかないっすか？」

ある日の夕方、作業が終わってから、最近、めっきり元気がなくなっていたシンに新宿中央公園に誘《さそ》われた。新宿駅西口近くのコンビニでビールとバターピーナッツを買い込み、疲《つか》れ切《き》ったからだを引きずるようにして二人して公園に向かった。

公園のベンチに着くと、シンはビールのプルトップを勢いよく引き、白い泡《あわ》が吹き出た飲み口にむしゃぶりついた。一気《いっき》に半分ほど飲みきってから、吐《は》き出すように訊《き》いてきた。

「ケンさんって、タフっすよね。俺なんか毎日ふらふらっすよ。学生のとき何かやっていたんすか？」

「いや、別に何も…、小学に入学してから中三まで、ほとんど体育の授業は見学してた」

「それ、まじっすか？　信じられないっすね。高校んときは、なにやってたんすか？」

「吹奏楽部《すいそうがくぶ》のコンダクター」

「それって指揮者《しきしゃ》っすよね。ちょーいけてるじゃないっすか。……で、今、なにやってるんすか？」

「……去年、北南米大陸縦横断単独徒歩旅行《ほくなんべいたいりくじゅうおうだんたんどくとほりょこう》から帰ってきたばかりで、都会《とかい》のスピードになかなか慣《な》れなくて、手こずってるよ」

「北米大陸のサンフランシスコからロッキー山脈《さんみゃく》を越《こ》えて、東海岸のバージニアビーチまでと、それから中南米コロンビアのサンタ・マルタからフエゴ島最南端《さいなんたん》の町ウスアイアまでの九千キロを三年かけて、ひとりで歩いたんだ…」

「それ！　まじっすか！　ちょーすごいじゃないっすか！　冒険家《ぼうけんか》なんすか？　ケンさんって。どおりで、タフなはずだぁ…」

「冒険家ではないよ。ただ歩いただけの旅行者だよ。歩いていけば、いつかはたどり着くことができる。ただそれを確かめたかっただけなんだ。冒険家っていうのは、いのちを賭《か》けていく人のことを言うんだ。助けを求めることなどできない、死と隣《とな》り合《あ》わせの場所で、自然と人間の過酷《かこく》な闘《たたか》いをする人のこ…」

「ちょー、やばいっすね。ケンさん。自分だったら、自慢《じまん》しまくりますよ。じゃ、このバイトは次の冒険の資金集めっすか？」

ケンが言い終わらないうちに、シンが口を差《さ》し挟《はさ》んできた。

「ちがうよ。ある目的のためにお金を貯《た》めてるんだ」

「ある目的ってなんすか？」

「山形と秋田の県境《けんざかい》に鳥海山《ちょうかいさん》っていう山があるんだけど、今、その山のブナの原生林《げんせいりん》が大手企業によって壊《こわ》されようとしているんだ。今、その開発を反対する署名活動《しょめいかつどう》をしている。でも、ただ自然を守れ！　と叫《さけ》んでも説得力《せっとくりょく》がないだろ。だから、もっと学術的《がくじゅつてき》なデータをもとに訴《うった》えていくために理論武装《りろんぶそう》をしなければいけないんだ。そのためには、アメリカの大学に行って、森林生態学《しんりんせいたいがく》を学んでこようと思っている。今、その留学費用《りゅうがくひよう》を稼《かせ》いでいるんだ」

「なんか、難《むずか》しい話だけど、リゾート開発ってなに作るんすか？」

「おそらくスキー場とかゴルフ場だと思う」

「へぇ～。自分、ゴルフはやらないっすけど、前の店のお客さんはみんなやってたっすよ。しかも、みんな接待《せったい》ゴルフ。社長やら取引先や政財界《せいざいかい》の人たちに付き合わされるんだって……。

それって、どうなんすか？　勝ち目ありそうなんすか？　前のバイトもそうだし、このバイトもやっててわかったんだけど、金もっている奴《やつ》にはかなわないっすよ。マジで……。

よくドラマとか教育番組なんかでさぁ、偉《えら》そうな奴がでてきて、青少年らに言ってるじゃないっすか。『おまえら、お金よりも大切《たいせつ》なものがあるだろ！』とか、『愛情はお金では買えないんだ』とか。自分も若い頃は、そう思っていたっすよ。けど、社会に出てわかったっすよ。やっぱぁ、世の中、すべて金だって。金で動いているんだってことが…大人になって、やっとわかったっすよ。今まで自分、ガキだったんだなぁって…」

シンはそう言って、ピーナツを口に流し込んだ。

「でも、シンだって、本当にお金がすべての世の中でいいとは思っていないだろ？お金では買えない、大切なものがあるんだってことに、気づいた人間が動こうとしなかったら、歯止《はど》めが効《き》かなくなる。ますます弱者《じゃくしゃ》の生きにくい世の中になっていくと思うんだ」

「俺《おれ》は無理《むり》っすね。コンビニで割《わ》り箸《ばし》はバリバリもらうし、環境破壊《かんきょうはかい》にめちゃくちゃ加担《かたん》してると思うし…」

「…そう、僕《ぼく》自身《じしん》も環境破壊に知らないうちに巻《ま》き込《こ》まれているってことはわかっている。社会のシステムそのものを変えないと駄目《だめ》なんだとは思うけど…。かといって、いまさら薪《まき》や石炭《せきたん》の生活に戻ることもできないだろうし…。もっと高度《こうど》な科学技術に期待《きたい》しているところはあると思うんだ。

ひょっとしたら、僕《ぼく》たちにできることって、もっと身近《みじか》なことなのかもしれない。『心の成長《せいちょう》』や『意識《いしき》の変革《へんかく》』とかが求められているっていうか……。分かりやすく言うと、お金でなく、毎日、心から幸《しあわ》せだと思えるようなことを大切《たいせつ》にしていくってことなのかもしれない。例《たと》えば、家族を大切にしたり、家族みんなが健康《けんこう》で、仕事を楽しくできるってことなのかもしれない。

かりに原子力発電《げんしりょくはつでん》や核兵器《かくへいき》など、いくら高度な技術が生まれても使い方を誤《あやま》ったり、天変地異《てんぺんちい》などでシステムが暴走《ぼうそう》するようなことになると、世界の破滅《はめつ》につながるわけだし……。まずは行動を伴《ともな》った、身近《みじか》なことから始めたいんだ。『悪の連鎖《れんさ》』じゃなく、『思いやりの連鎖』に希望をつなげたいと思っている！」

ケンは一気《いっき》に熱《あつ》く語った。シンは眉間《みけん》に皺《しわ》を寄《よ》せながら、そっぽを向いている。

「『心の成長』とか『意識の』なんとかって、偉《えら》そうに言うけどさ…。何様《なにさま》のつもりなんすっか。そりゃ、ケンさんは成長したかもしれないよ。でも、そんなにすぐに変われない奴もいるんだよ！　ケンさんみたいにさ、強い奴ばっかじゃないんだっつーの！　心から変わりたいと思っていてもさぁ……、他人には想像《そうぞう》できないほど、どうしようもないくらい深い悲《かな》しみを背負《せお》って生きている奴もいるんだよ、世の中には……」

興奮《こうふん》しながら一気に言い放った後に、しばらく沈黙《ちんもく》がつづいた。

後ろの木々に止まっていた数羽のカラスが、一斉《いっせい》に鳴《な》き始めた。縄張《なわば》り争《あらそ》いでも始めたのだろうか。

落ち着きを取り戻したシンは、心なしか明るく努《つと》めて呟《つぶや》いた。

「甘《あま》いっすよ、ケンさん。世の中、変わんないって…。未曾有《みぞう》の天変地異でもくれば分からないけど…。それでも変わらないかもね…。この国は…変わらないって…。いや、悪くなる一方だって…。どこへ行っても、お金のことしか頭になくて、そんな自己《じこ》ちゅーな奴はごまんといるしさ…、核《かく》だって、戦争《せんそう》だって、これだけ文明《ぶんめい》が進歩していてもなくならないじゃないっすか。

そんなに、現実、甘くないって…。どんなによくしようと思っていても、その何十倍かの人たちは、きれいごとをいいながらも自分たちさえよければ、それでいいと思って、勝手《かって》に生きている奴ばっかなんだから…、もう無理《むり》！　絶対《ぜったい》無理って！　手遅《ておく》れだって…。残りの人生、自分だけでも楽しく生きなきゃぁ損《そん》だっつーの！」

シンは、他人事《ひとごと》のように高笑《たかわら》いしながら喋《しゃべ》りつづけた。

「確《たし》かに甘《あま》いと思われるのかもしれない。けど、このままでいいとは思っていないだろ？　自分ひとりの力で世の中を変えようなんて思ってないけど…。もっと生きやすい世の中に変えていきたいと思っている人は、必ずいると僕《ぼく》は信じてる。でも、そんなこと言ったら、ダサイとか、かっこ悪いとか、幼《おさな》いとか、きれいごとを言っているとか、頭がおかしいと思われるんじゃないか、と思って、口に出して言えないだけなんじゃないかと思うんだ。

今のままで、まずいと気づいていながら、黙《だま》っていることの方が罪《つみ》だと思う。気づいている人たちのもつ責任《せきにん》ってあると思うんだ。『たとえ明日《あした》、世界が滅《ほろ》びようとも、今日、私はリンゴの木を植《う》える』って言った人もいるし……」

シンはそっぽを向いて、タバコを取り出し、吸《す》い始めていた。

「結局《けっきょく》、〝自然《しぜん》を守る〟ってことは、〝自分と自然との関係〟から〝自分とコミュニティ（共同体《きょうどうたい》）や隣人《りんじん》との関係〟〝自分と家族《かぞく》との関係〟〝自分の問題〟にまで行きつくテーマなのかもしれない。

自然との関係で言えば、人間が自然によって生かされているとは、どういうことか？　からだが自然の一部であるとは？　今、僕らのからだが自然の一部であって、その自然に生かされていて、やがては死んで、自然に還《かえ》っていくときが必ず訪《おとず》れるってことを、本当に全身で理解することができたら、世の中が少しずついい方向に変わっていくような気がする！

そう考えると、最も身近《みじか》な自然の一部である他人については、どうなのか？　自分以外の他人と向き合い、他人を思いやるとはどういうことなのか？　例《たと》えば、隣《となり》に住んでいる、あの人は何を求めていて、自分はその人に何ができるのか？　とか、じゃ、その人は何をしてくれたのか？　っていう、他人を想像《そうぞう》しながら、他人と向き合っていく作業も、自然を守るってことにつながっているのかもしれない。

そう考えていくとさ、他人と向き合ったときに、対峙《たいじ》せざるを得《え》ない問題として、結局、自然を守るってことは、自分自身も問われているような気がしてならないんだよ。

自然を守るとは、自分を大切に思えることと関係があるんじゃないのか？　自分を大切に思えることと〝自己《じこ》ちゅー〟とはどう違うのか？　自分の好きなところも嫌《きら》いなところも、愛《いと》おしく思えるのか？　じゃ、自分はどういう人間で、どういう人とつながりたいのか？　もっと言えば、自分はどう生きたくて、他人とわかり合えない自分にとって大切《たいせつ》なものとは何なのか？　じゃ、自分と異《こと》なる他人を許《ゆる》せるか？　他人とわかり合えない自分を許せるか？　っていうところまでも考えなければならないのかもしれない。

だからさ、他人から自己満足《じこまんぞく》と思われようが、愚《おろ》かだとか滑稽《こっけい》だとか思われようが、ちゃんとペットボトルを分別《ぶんべつ》すること以外にも、隣人《りんじん》に挨拶《あいさつ》するとか、親を大切にするといった、ほんのささやかな身近な行動も、自然を守ることにつながっているように思えてならないんだよ」

ケンが言い終わらないうちから、シンは握《にぎ》っていたアルミ缶《かん》をべこっ、べこっと音を立てて凹《へこ》ませている。すでにシンの足元には、吸《す》いかけのタバコが捨《す》てられてあった。

「口では、なんとでも好きなこと言えるって……。じゃ、今、環境《かんきょう》のためにどういったことしてんのよ」

ケンは、バッグの中から書きかけの便箋《びんせん》を取り出した。

「今の自分にできることは、中学、高校のクラスの同級生にリゾート開発《かいはつ》に反対するための署名《しょめい》のお願いをすることぐらいしかでき……」

便箋を開いてシンに見せようとした途端《とたん》、シンは奪《うば》うようにそれを取り上げた。

「ご無沙汰《ぶさた》しています。お元気ですか。唐突《とうとつ》でたいへん申《もう》し訳《わけ》ないのですが、今、私は、故郷《こきょう》の山、鳥海山の自然を守る運動に参加《さんか》しています。そこで、お願いなのですが、鳥海山のリゾート開発に反対する署名に協力してもらいたいのです。

鳥海山にはブナの原生林《げんせいりん》をはじめ、世界でも数少ない動植物《どうしょくぶつ》が生息《せいそく》していいます。個人的《こじんてき》にも子どもの頃からずっと登ってきている山で、とても数々の思い出があります。

今、大手《おおて》の開発業者《かいはつぎょうしゃ》とそれに関与《かんよ》している一部の政治家、そしてほとんどの県民、町民、村民たちは、リゾート開発を推進《すいしん》しています。もし開発が実行《じっこう》されれば、鳥海山は丸《まる》ハゲにされてしまいます。」

書きかけの手紙をシンは、目で追《お》った。

「反対署名は何人ぐらい集《あつ》めれば、開発が中止《ちゅうし》になるんっすか」

「わからない。多ければ多いほどいいとは思うけど…」

ケンは虚空《こくう》を見ながら呟《つぶや》くように言った。

黒ずんだ紙袋を両手にもち、焦《こ》げ茶色《ちゃいろ》に酒焼《さかや》けしたホームレスが、こちらを煙《けむ》たそうに見ながら目の前を通り過ぎて行った。

「俺にはできねえなぁ…。だって、みんなおいしいもの食《く》ったり、いいもの見たり、いい女と喋《しゃべ》ったり、みんな楽しく生きているっていうのにさぁ…。なんで自分だけが、そんな一銭《いっせん》にもならないことを一生懸命《いっしょうけんめい》しなければなんないのよ？　みんな、自分のことしか考えてないんだから…。

ケンさん、みんな勝手やってんだからさ、楽しくやらなきゃ損だって、みんなそう思っているって…。人生一度しかないんだし、楽しく生きた方がいいって…」

「喜《よろこ》びと幸《しあわ》せは違うだろ。美味《おい》しいものを食べたり、すてきな女性と一緒《いっしょ》にいたりっていう喜びは、官能的《かんのうてき》なものであって、一時的であり、刹那的《せつなてき》な喜びであって、幸せはずっと長くつづく喜びだよ」

「だから…なんなんすか？　いちいち理屈《りくつ》っぽいっすねぇ…」

冷《つめ》たいビル風が、公園の中を吹き抜けていった。公園の木々を揺《ゆ》らす風音《かざおと》は、車道から聞こえる車の騒音《そうおん》でかき消《け》されていた。

するとケンは懐《なつ》かしい情景《じょうけい》を思い出しているかのように公園の雑木林《ぞうきばやし》を見ながら、やさしく囁《ささや》き始めた。

「森の中に入っていくとね。何か大《おお》いなるものの懐《ふところ》に包《つつ》まれているなぁって感じられる瞬間《しゅんかん》があるんだぁ。〝いのち〟あるものはみんな死に向かっているってことに気づかされる。そうしてまた新たな〝いのち〟が生まれてくる。そんな〝いのち〟のつながりが、大いなるものの懐に包まれながら繰《く》り返《かえ》されていく。人間は、すべて多様な〝いのち〟の中のほんの一部にしかすぎないと全身《ぜんしん》で感じられるんだよ。その豊かな緑の〝いのち〟を、人間の身勝手《みがって》な傲慢《ごうまん》さによって破壊《はかい》していいとはどうしても思えないんだ」

ケンは、独《ひと》り言《ごと》のように喋《しゃべ》りつづけていた。

「ケンさんのさ、その『僕、自然が大好きです』っていうかさぁ…自分でマスターベーション（自慰《じい》）しているのはわかったからさ…俺のことはほっといてよ。お願いだからさぁ…。カルト集団《しゅうだん》（熱狂的《ねっきょうてき》な支持団体《しじだんたい》）の勧誘《かんゆう》じゃないんだからさぁ…。

人がどんな考えもとうが、勝手《かって》でしょ！　考えを押しつけられるのだけは、勘弁《かんべん》してよ。自分の人生、他人からとやかく言われたかねぇから…」

シンは、苛立《いらだ》っているようだった。

「僕は何もシンを勧誘《かんゆう》しようなんて思って…」

ケンの話を途中《とちゅう》でさえぎるようにして、シンはすっと立ち上がると新宿駅の方向に歩いていってしまった。タバコの吸《す》い殻《がら》とシンの飲み終えた空《あ》き缶《かん》とバターピーナッツの袋《ふくろ》がベンチの下に置《お》かれたままになっていた。

ケンは、シンが置いていったゴミを拾《ひろ》おうか、一瞬《いっしゅん》、迷《まよ》った。が、次の瞬間、ゴミを拾って、近くのゴミ箱に捨《す》てに行った。

ケンは便箋《びんせん》をバッグの中にしまいながら、これが現実なのかもしれないという思いを胸《むね》に押《お》し込《こ》めた。自分がやっていることは、大都会に住む若者には「自分は良いことをしているんだ」と自分でマスターベーションしている盲信者《もうしんしゃ》のようにしか映《うつ》らないのかもしれない。

でも、それでもいいとケンは思っていた。ただ、お父ちゃんと二人で登ってきた鳥海山を残したい。自分勝手と思われようが、気《き》が狂《くる》っていると思われようが、病室から眺《なが》めていたときの、あのままの姿《すがた》であってほしい…と心から願っていた。

カラスの一群が鳴きながら、不夜城《ふやじょう》の繁華街《はんかがい》の中に消えていく。

すでに西の空が、あかね色から紺青《こんじょう》の夜空に変わっていた。聳《そび》え立《た》っている高層《こうそう》ビル群《ぐん》の下を抜け、ケンは新宿駅に向かって歩き始めていた。


その晩、ケンが新宿中央公園から帰ると、母からの留守電《るすでん》が入っていた。すぐに実家に電話をかけると、山形のＮＰＯ法人《ほうじん》の市民団体《しみんだんたい》から「夢」についての講演《こうえん》依《い》頼《らい》の電話があったことを知らされた。ケンは、市民団体からの依頼を喜《よろこ》んで受けることにした。


三月初旬《しょじゅん》の朝、山形県民会館の駐車場《ちゅうしゃじょう》に車を止めたケンは、正門《せいもん》玄関《げんかん》に向かっていた。

手には、ほとんど徹夜《てつや》で書き上げたばかりのレジュメ（要旨《ようし》）が固く握《にぎ》られている。

ケンにとっては、生まれて初めての講演会だ。

しかし、不思議《ふしぎ》と緊張《きんちょう》はしていなかった。

むしろ、多くの若者たちに鳥海山の自然の素晴《すば》らしさを伝《つた》えられることに、上空《じょうくう》に広がる澄《す》み渡《わた》った青い空のように、心は晴れ渡っていた。

会場は、千人ほどの観客《かんきゃく》で埋《う》めつくされていた。講演《こうえん》の内容は、病弱《びょうじゃく》であった生《お》い立《た》ちの話から始まり、旅のエピソード、環境問題《かんきょうもんだい》、多様な動植物のいる鳥海山の素晴《すば》らしさ、日本の自然の美しさ、最後に中南米アンディグアでのほろ苦《にが》い恋《こい》の話にまで及び、笑《わら》いを誘《さそ》っていた。

「僕のことをよく冒険家《ぼうけんか》という人がいますが、僕は冒険家ではありません。僕はただ道路の上を歩きつづけてきた一旅行者です。歩きつづけていればいつか必ず着くんです。それを確かめたかったんです。真の冒険家とは、太平洋《たいへいよう》をひとりで横断《おうだん》した海洋冒険家の堀江謙一《ほりえけんいち》さんや登山家の植村直己《うえむらなおみ》さん、僕の師匠《ししょう》であるサハラ砂漠縦断の浜野兵一《はまのへいいち》さんのような人たちのことです。助けを求めることができない場所で、生きるか死ぬかの選択《せんたく》にすべてを賭《か》けて挑《いど》んだ人のことを言うのだと思います。

南米ではたくさん彷徨《さまよ》ったりしましたが、少なくともそこには道がありました。道があるということは、そこに人が住んでいるということです。人が住んでいれば、食糧《しょくりょう》が切れても生命《せいめい》の危険があっても助けを求めることができます。これは冒険ではありません。旅なのです」

ケンは講演の中ではっきりと言い切っていた。

「小学低学年のとき、『フグ』といじめられてから、からだには人一倍《ひといちばい》コンプレックス（劣等感《れっとうかん》）を背負《せお》って生きてきました。しかし、ゴール（目標点《もくひょうてん》）への希望《きぼう》が大きな力を与《あた》えてくれました。持続《じぞく》する志《こころざし》へのエネルギーを与えてくれました。大切なことは、希望と目標をもつことです。あとは毎日一歩一歩、ひたすら歩きつづければいつかは必ず着くんです。ひたすら思いつづければ、いつか必ず成《な》し遂《と》げられるんです。みなさんも自分の夢をあきらめずに、必ず成し遂げられるという強い意志をもって、生きていってください」

講演の最後をこう締《し》めくくると、会場は割れんばかりの大きな拍手《はくしゅ》に包《つつ》まれた。

ケンは、生まれて初めて自分が生きていることをみんなから祝福《しゅくふく》されているような気がしてならなかった。

講演終了後、楽屋《がくや》を訪《たず》ねて来てくれた友人たちと談笑《だんしょう》していたケンは、先ほどから背中に痛《いた》いほどの視線《しせん》を感じていた。振り返ると、壁を背に花束《はなたば》をもちながら、しっとりと立っている女性の姿があった。

長い黒髪《くろかみ》、きらきら輝《かがや》いている瞳《ひとみ》。もしかして…南米グアテマラで出会って別《わか》れ別れになったベシー？

ケンは、その女性の瞳《ひとみ》に吸い込まれるように近づいていった。そこには高校時代、ケンと同じ吹奏楽部《すいそうがくぶ》に所属《しょぞく》し、三年間付き合った見城《けんじょう》清子《きよこ》が花束《はなたば》をもって立っていた。

「驚《おどろ》いたなぁ、来てくれたんだぁ…」

「講演《こうえん》、よかったよ。三年かけて、独《ひと》りで九千キロなんて…すごいね！」

はにかんでいた清子が、ケンに花束を手渡した。

「ありがとう。今、何してんの？」

薄《うす》いアイシャドーがひかれ、妙《みょう》に大人《おとな》っぽくなっていた清子を見つめ、ケンは訊《たず》ねた。

「東京で、花のOLよぉ！　…環境関係のNPO（非営利《ひえいり》団体《だんたい》）で仕事してる…」

一瞬、おどけてみせた清子が、すぐに真剣《しんけん》な眼差《まなざ》しに変わった。

懐《なつ》かしいリアクションで、ケンは思わずほくそ笑《え》んだ。

「そうなんだ。俺も今、東京でアルバイトしながら、環境保全《かんきょうほぜん》の活動しているんだ。でも、いろいろと難《むずか》しくてさぁ…。今度、いろいろ教えてよ。よかったら…東京の連絡先を教えてくれる？　今度、一緒《いっしょ》に食事でもしようよ」

ケンは、清子の住所と電話番号を交換《こうかん》し合《あ》った。ごく自然に連絡先を交換し合えたことに、ある深い思いを噛《か》み締《し》めていた。

「五年ぶりに清子と再会《さいかい》し、以前抱《いだ》いていたような悔《くや》しさや苛立《いらだ》ちは不思議《ふしぎ》と湧《わ》いてこなかった。

僕が成長した証《あかし》なのかもしれない。あの頃、もし今のような感じで自然に振《ふ》る舞《ま》うことができていたら、僕の人生も変わっていたのかもしれない。でも、もうそんなことはどうでもいい。

これからは〝鳥海山の森を守る会〟の自然活動家として、一つひとつ勉強していかなければいけない。今、やらなければいけないことはそれだけだ！」

ケンは、そう心の中で呟《つぶや》きながら実家《じっか》までの帰路《きろ》につくのだった。

その晩、一日の疲れを落とすために、ケンは実家の風呂《ふろ》に浸《つ》かっていた。

湯船《ゆぶね》に浸かりながら、講演での観客たちの反応《はんのう》を思い出していた。

「これから講演を頼《たの》まれても、今日よりもっとうまく話せるように、水や川や森が人間にもたらしてくれているもの、農業までを視野《しや》に入れた生態学《せいたいがく》や人類学《じんるいがく》について、もっともっと多くのことを身につけていかなければ…」

掌《て》ですくった湯を顔につけながら、ケンは気持ちを新たにするのであった。

そんな気持ちとは対照的《たいしょうてき》に、隣の家の犬がオオカミの遠吠《とおぼ》えのように物悲《ものがな》しい鳴き声で吠《ほ》えていた。


風呂《ふろ》から上がると、居間で野球中継《やきゅうちゅうけい》を見ていた正一にケンが背後《はいご》から話しかけた。

「お父《とう》ちゃん、鳥海山さ、これからは僕に任《まか》せてくれていいからさ!」

振り返って、正一はケンを見上げて呆然《ぼうぜん》とした。

りんごのように丸々とした肩《かた》。いくつものこぶが隆起《りゅうき》している腹筋《ふっきん》。ケンのからだは、毎日の過酷《かこく》な肉体労働《にくたいろうどう》で鍛《きた》え上《あ》げられていたからだ。

今、正一が目にしているからだは、かつて入退院《にゅうたいいん》を繰り返し、生死《せいし》の境《さかい》をさまよっていた頃のからだではなかった。

浅黒く日に焼けた肉体が、正一には眩《まぶ》しいほどに輝いて見えた。

「そうか。それじゃ、ケン坊にやってもらおうかな…。でも、環境保全の問題はそんなに簡単《かんたん》じゃないぞ。しっかり情報を収集《しゅうしゅう》し、分析《ぶんせき》したりして、力を蓄《たくわ》えないと勝てないぞ！」

心の動揺《どうよう》をごまかすように、正一は〝だだちゃ豆〟を口に運《はこ》びながら言った。

その一方で、正一は心の中でこう頷《うなず》いていた。

「ケン坊、一日一日を死《し》に物狂《ものぐる》いで生きている、今のお前ならきっとできる！」

第十二章　不慮《ふりょ》の事故

一九九二年二月　新宿《しんじゅく》の建設現場《けんせつげんば》にて

「おい、そこの二人、こっち来て、手伝《てつだ》え！」

作業の指示待ちをしていたケンとシンが、親方《おやかた》から大声で怒鳴《どな》られていた。

工事が予定より大分《だいぶ》遅れているためか、今日の親方はかなりいらいらしているように見えた。

「そこの茶髪《ちゃぱつ》、こいつにヘルメットを貸《か》してやれ！」

中学を卒業したばかりだという新人に、シンはヘルメットを貸すように親方に言われた。

シンは不貞腐《ふてくさ》れたように新人にヘルメットを手渡《てわた》した。

「ここには、予備《よび》のメットもねぇのかよ！」

シンはぶつぶつと独《ひと》り言《ごと》を呟《つぶや》いている。

「ケンさん、バイトのヘルメットを取り上げるなんて信じられる？　上からスパナでも落ちてきて当《あ》たったら、おっちんじゃいますよね」

今まで、上から見下《みくだ》すような視線《しせん》をケンに向けていたシンが、猫のようにすり寄《よ》ってきて、愚痴《ぐち》をこぼした。

「事務所に一つあったような気がするなぁ。あとで取って来てやるから、それまでこれ使ってなよ」

ケンは百円ライターを貸すかのように、何の迷《まよ》いもなく自分のヘルメットをシンに差し出した。

シンは礼を言わずに、顎《あご》を突《つ》き出《だ》している。

「おい、茶髪とケン坊、こっちこい！」

また親方から声が掛《か》かった。

親方は、二人を吹き抜けになっている一階のフロアに連れて行き、説明を始めた。

「今、他の作業でクレーンがふさがってっから、鋼材《こうざい》を上に上《あ》げっから、おまえらも足場《あしば》に上がって鋼材上げるの手伝え！」

二人はリレー式で、畳一畳《たたみいちじょう》ほどの大きさの鋼材を一階から八階まで引き上げるための補助要員《ほじょよういん》として呼び出されていた。それ以上の詳《くわ》しい説明がないまま、ケンは二階に、シンは五階につくように親方に指示《しじ》された。

作業終了の時間もとっくに過ぎ、夜九時を回ろうとしていた。職人たちもかなり疲れているように見えた。そのためか、溜《た》まっている苛立《いらだ》ちを吐《は》き捨《す》てるかのような怒声《どせい》が飛《と》び交《か》っていた。

何をどうするのか、何をすると危《あぶ》ないのか、丁寧《ていねい》に説明してくれる人など一人もいない。どの職人の顔も鬼《おに》のように眉間《みけん》に皺《しわ》を寄せている。一日の疲れから、目が血走《ちばし》っている作業員《さぎょういん》もいた。作業現場では、張《は》り詰《つ》めている緊張の糸が少し引っ張ったただけでぷっつんと切れてしまいそうな殺伐《さつばつ》とした空気に満ちていた。

ケンは、そんな現場の雰囲気《ふんいき》になんとなく居心地《いごこち》の悪さを感じていた。

『こんな工事、早く中止《ちゅうし》になればいいんだ！』というような暗黙《あんもく》の叫《さけ》びが、作業場内に充満《じゅうまん》し、息苦《いきぐる》しかった。

重さ百キログラムはゆうに超《こ》える鋼材《こうざい》を、一階から八階までリレー式に人力で荷《に》揚《あ》げしていく。

「ケンちゃん、そご危ねえど」

ケンの腕《うで》を強く引っ張るものがいた。エイちゃんだった。

「俺まで駆《か》り出《だ》されで来だべぇ…。まったぐよぉ〜」

エイちゃんが黄色のタオルを頭に巻きながら、気合《きあい》を入れている。

一枚目の鋼材が運ばれてきた。両脇《りょうわき》に二人ずつ付いて、四人がかりで上の階の職人たちに手渡していく。

ゴム付の軍手《ぐんて》をはめていても、焼けるような痛みが掌《て》に走る。労働時間もすでに十二時間を越《こ》えているためか、思うように両腕に力が入らない。

太腿《ふともも》と腰に力を入れ、下半身を安定させる。職人たちが出す「せいのぉー、せいのぉー」の掛《か》け声《ごえ》に合わせて、少しずつ上げていく。両手と両腕に千切《ちぎ》れるような痛みが走る。

「ケンちゃん、金貯《た》めでなにすんの？　結婚《けっこん》でもすんのが？」

エイちゃんが突然、話しかけてきた。

「留学資金《りゅうがくしきん》！　エイちゃんは…？」

ケンは、息を切らしながら答えた。

「嫁《よめ》が…犬欲しがってよ。今度、嫁の誕生日に犬プレゼントすんべど思ってよ…」

ケンは、つい先日、実家で亡《な》くなった老柴犬《ろうしばけん》を思い出した。小さい頃から実家で飼《か》っていた犬だった。一匹目は玉子《たまこ》。二匹目が玉三郎《たまさぶろう》。

玉子は、鳥海山の登山中に鷹《たか》に連れ去られた。二匹目の玉三郎は、登山中にはぐれてしまい、三度目の探索《たんさく》の末、一ヶ月後に同じ登山道で発見された。丈夫《じょうぶ》な犬だったが、歳《とし》には勝てなかった。

二枚目の鋼材《こうざい》が運ばれてきた。鋼材が八階の足場《あしば》に置《お》かれるたびにぎしっ、ぎしっという悲しげな音を立て、足場が左右に揺《ゆ》れている。

「エイちゃんは結婚していたのかぁ…」

ケンは自分にも子どもの一人や二人いてもおかしくない年齢《ねんれい》であることを噛《か》み締《し》めていた。

ふと、中南米《ちゅうなんべい》グアテマラで恋《こい》に落《お》ちた、女教師《おんなきょうし》ベシーのことを思い出した。

彼女は今頃、どうしているのだろうか。

家族と一緒《いっしょ》に幸《しあわ》せな生活を送っているのだろうか。もし彼女とああなっていなかったら今頃、日本に連れて帰ってきて、同棲《どうせい》していたかもしれない。

そして、エイちゃんのように、犬でも買う計画を立てていたのかもしれない。いや、ひょっとしたら、突然、彼女が日本にやって来る可能性《かのうせい》だってある。想像《そうぞう》から甘《あま》い妄想《もうそう》へと膨《ふく》らんでいった。

北米徒歩横断を成《な》し遂《と》げた後、ケンはバスでメキシコに入り、そこからさらに南《なん》下《か》した。

中央アメリカ最大の国グアテマラ共和国《きょうわこく》に入国した。

九月七日から三ヶ月間、中南米グアテマラの首都《しゅと》アンティグアでスペイン語を学ぶために滞在《たいざい》した。十週間の約束で、平日月曜日から金曜日の朝八時から十二時までの四時間、ケンと同じ二十三歳の女性からスペイン語の個人レッスンを受けていたことがあった。彼女の名はベアトゥリス。ケンは「ベシー」とニックネームで呼《よ》んでいた。

「メスティーソ」といわれる混血《こんけつ》で、艶《つや》のある、長い黒髪《くろかみ》と大きな瞳《ひとみ》が愛らしかった。ベシーはケンに寄《よ》り添《そ》い、同じところで躓《つまず》いても嫌《いや》な顔をひとつ見せず、何度でも繰り返し教えてくれた。

そんな彼女の優《やさ》しさに甘《あま》えすぎてしまっている時には、母親のような厳《きび》しさで諭《さと》してもくれた。

「ケン、私が言ったことは、ちゃんと守らないと駄目《だめ》！　あなたはやればできるんだから…」と、叱責《しっせき》した後には、ケンの良いところも見つけ、必ず褒《ほ》めてくれることも忘れなかった。

先生としては、完璧《かんぺき》な女性だった。

レッスンを受け始めてから、一週間が経過《けいか》した日のこと、彼女にいつもの明るさがなく、朝から沈《しず》み込んでいる日があった。

「ベシーなんかあったの？」ケンが心配になり、訊《き》いてみた。

「家族とケンカしたの…」ベシーの目は涙《なみだ》で潤《うる》んでいた。

「そう。気分が乗らないなら、今日はやめにしてもいいんだよ」

「ケン…、あなた優《やさ》しいのね。なぜケンはそんなに優しくなれるの？」

ベシーは目を潤ませながら、ケンの目を見つめ、優しく囁《ささや》いてきた。

「いやぁ…、自分では普通だと思っているけど…」

「ケンの国の人は、みんなそんなに優しいの？」

ベシーは豊かな胸《むね》を突き出すようにして、身を乗り出して訊いてきた。

「みんなというわけではないだろうけど…、僕の周《まわ》りの人たちは優しいのかもしれない。どうしてなのかはわからないけどね」

「ねえ…、ケン、日本ってどういう国なの？　教えて…」

「そうだなぁ…。一年を通して四季《しき》がある」

「四季？　グアテマラとはどう違《ちが》うの？」

「一年には春、夏、秋、冬の季節があるんだ。春には桜の花が咲き乱れ、夏にはアサガオやヒマワリ。秋には山々が色鮮《いろあざ》やかに紅葉《こうよう》し、ドングリの実《み》がなる。冬には雪が降り、寒椿《カンツバキ》が見られる。そして、一年を通して、いろいろな作物《さくもつ》を収穫《しゅうかく》することもできる。豊かな緑と森から流れ出る清流《せいりゅう》と海に囲まれた島国《しまぐに》だから、海産物にも恵《めぐ》まれている。山と海の恵みから、いろいろな料理《りょうり》が食べられる」

「グアテマラには雨期《うき》と乾期《かんき》しかないわ」

「北米を旅していて気づいたんだ。アメリカの自然は粗暴《そぼう》で、乾《かわ》ききっていて、人間に対して荒々《あらあら》しいところがある。それに比べて、僕の近所に聳《そび》える鳥海山は、たくさんの種類の木々が生《お》い茂《しげ》り、繊細《せんさい》で、柔《やわ》らかく、やさしい気持ちにさせてくれるんだ」

「だから、ケンはそんなに優しいのね。ケンを見ているとたくさんの優しさに囲まれながら、のびのびと育《そだ》てられたんだなぁって感じるわ。日本に行ってみたいわぁ……」

ベシーはテーブル越《ご》しに身を乗り出していた。吸い込まれそうなくりくりした黒い瞳《ひとみ》を潤《うるま》ませながら、ケンをじっと見つめていた。

ケンの心臓《しんぞう》は、口から飛び出てきそうなくらいにばくばくと脈打《みゃくう》っていた。なんて積極的《せっきょくてき》なんだ。これは愛《あい》を告白《こくはく》してくれているってことなのか。こういう時には、日本男児《にほんだんじ》としていいところを見せないと…。でも…。

初恋《はつこい》は、中学生の頃だった。それ以来、恋愛経験《れんあいけいけん》は、高校時代に付き合った清子だけだ。浪人時代《ろうにんじだい》には、女性と話すこともなく、受験勉強に明け暮れてきた。奥手《おくて》でもあったケンは、頬《ほお》を紅潮《こうちょう》させ、ただ俯《うつむ》くしかなかった。

はっきりと言えることは、ケンがベシーを好きになっていたということ。

授業《じゅぎょう》の日以外にも、日曜日にはベシーと一緒《いっしょ》に教会に行き、ミサを一緒に歌い、祈《いの》りを捧《ささ》げたこともあった。

授業がこのままずっと朝までつづいてくれれば、どんなに幸せだろうかと願ったこともあった。街で見かけるポスターに写っている南米女性の顔が、みんなベシーの顔に見えて仕方なかった。それほどまでに、ケンはベシーに夢中《むちゅう》になっていった。

次の授業が待ち遠しく、宿《やど》で予習していても彼女の顔が頭から離れず、寝付けない夜が何日もつづいた。

が、こんな幸せな日々が、いとも簡単に崩《くず》れ去《さ》ろうとは……。

明日で最後の授業を迎《むか》える日の晩、彼女に自分の思《おも》いの丈《たけ》を打《う》ち明《あ》けた方がいいのか、それともこのまま「さようなら」を言って、なにもなかったかのように別《わか》れた方がいいのか、ケンは一晩中悩《なや》んでいた。

自分は、これから南米大陸縦断を果《は》たさなければならない。彼女とここで別れてしまうと、もう二度と彼女とは会えないような気がしていた。一旦《いったん》、旅を中止して、このまま彼女と一緒に日本に帰って、彼女と生活をした方がいいのか。旅はそれからでも遅くない。いや、彼女に自分の旅が終わるのを待ってもらって、帰りにアンティグアに寄《よ》り、それから彼女を日本に連れて帰ってもいいと思っていた。

でも、彼女はそれまで僕を待ってくれるだろうか。僕と同じように個人レッスンで知り合った男と仲良《なかよ》くなってしまうのではないか。

その夜は、さまざまな思いが頭の中を駆《か》け巡《めぐ》り、興奮《こうふん》して一睡《いっすい》もできなかった。長い夜も白々《しらじら》と明けようとしていたとき、ケンは決心した。彼女に今の自分の気持ちをとにかく正直《しょうじき》に打ち明けようと。

朝方、ケンはいつもの喫茶店《きっさてん》で彼女を待っていた。すると、黒髪をなびかせながら足早《あしばや》に通りを渡ってくるベシーの姿を見た途端《とたん》、ケンの心臓《しんぞう》がばくばくと鼓動《こどう》を打ち始めた。

いつも交《か》わしている挨拶《あいさつ》を思い出すのに、少し間《ま》があった。

「ベシー、おはよう」

動揺《どうよう》していることを見透《みす》かされないように、ケンはコーラを一気《いっき》に飲《の》み干《ほ》した。

ついに十週間の授業が終わろうとしていた、そのとき、いつもと様子の違う雰《ふん》囲気《いき》を感じとったベシーが、コーラを飲み終えてからケンに訊《たず》ねてきた。

「今日のケン、少し変よ。なにかあったの？」

「……」

ケンは彼女の目をじっと見つめると、一言ひとことを噛《か》み締《し》めながら、昨夜一生懸命《いっしょうけんめい》に考え、暗記《あんき》してきたスペイン語で囁《ささや》くように呟《つぶや》いた。

「僕は、君を好きになってしまったようだ。愛している。だから、君を日本に連《つ》れて帰《かえ》りたい」

「……」

彼女は俯《うつむ》いたまま、なかなか顔を上げようとしない。

テラスの通りを行《い》き交《か》う人たちの声。爆音《ばくおん》と排気《はいき》ガスを撒《ま》き散《ち》らしながら通りすぎてゆくオートバイ。喧騒《けんそう》の街の風景に場違《ばちが》いな自分がいることが気になり始めたとき、彼女が口を開いた。

「ケンはとても大好きな日本人なんだけど…、私には家族がいるの…」

「ああ、わかっているよ！　ベシーがよければ、家族にも挨拶《あいさつ》したいと思っている！」

「ケン、違《ちが》うのよ。私には…夫《おっと》と子どもがいるの…」

「えっ、そんなぁ…」

ケンはこのとき、はっきりと理解《りかい》した。

自分は失恋《しつれん》したということを。以前、ベシーが、父と母と姉夫婦と、その他大勢《ほかおおぜい》の家族と一緒《いっしょ》に住んでいると言っていたので、てっきり他の親戚《しんせき》の人たちと一緒に住んでいるとばかり、勝手《かって》に思い込んでいた。彼女に旦那《だんな》と子どもがいたなんて知らなかった。

ベシーと握手《あくしゅ》を交《か》わし、そのまま「さよなら」を言って別《わか》れた。帰り道、ケンには街の風景がくすんで見えて仕方《しかた》がなかった。

この失恋《しつれん》のダメージは、ケンにとってかなり堪《こた》えたものだった。が、この失恋をバネに、最後まで諦《あきら》めずに南米縦断《なんべいじゅうだん》の旅を成《な》し遂《と》げられたとも言えるのだった。

建築現場《けんちくげんば》では十五分の休憩《きゅうけい》の後、職人《しょくにん》たちは自分の持ち場に戻《もど》り、再び鋼材《こうざい》を上げる作業に取り掛かっていた。

職人たちのかけ声に合わせて手際《てぎわ》よく、鋼材が、三枚、四枚と五階の足場《あしば》に載《の》せられていた。すでに五階の足場には、五枚の鋼材が運び込まれていた。鋼材五枚分の重さは、すでに軽く五百キログラムを超《こ》えている。

「こんでラストが？　やっとこれで帰れるってか。気合《きあ》い入れんべさ」

エイちゃんが大声を出している。

せいのぉー、せいのぉー、せいのぉー…

四人の掛け声に呼吸を合わせて、鋼材を持ち上げていく。

事故《じこ》が起きたのは、上の階の職人たちが鋼材を持とうとした、そのときだった。

「危《あぶ》ねっ！」

歪《ゆが》んだ空間を切《き》り裂《さ》くような、黄色い悲鳴《ひめい》が現場内に響《ひび》き渡《わた》った。一枚の鋼材が、その重みで歪んだ五階の足場からすべり落ちてきたのだ。

「ぎゃぁ！」

二階で作業をしていたケンの後頭部《こうとうぶ》を直撃《ちょくげき》した。

「ケン！　しっかりしろ。ケン！」

ぴくりとも動かないケンのからだを、エイちゃんが激《はげ》しくゆすった。

「だれか救急車《きゅうきゅうしゃ》！　救急車だ！　救急車さ呼《よ》んでけれ！　ケン！　ケン！」

ケンの後頭部から、血がとめどなく滴《したた》り落ちていた。

ぴたっ、ぴたっ、ぴたっと、不気味な音が構内《こうない》に響き渡っている。

白いコンクリートの床《ゆか》に赤い血の塊《かたまり》が少しずつ広がっていくのが見てとれた。

救急車で、すぐ近くの東京医大《とうきょういだい》病院《びょういん》に搬送《はんそう》された。

ディパックの中に入っていたメモ帳《ちょう》から、エイちゃんがアキのアパートに連絡《れんらく》を入れたが、まだ会社から帰ってなく、不在《ふざい》だった。次に、市外番号《しがいばんごう》からたどって山形の実家《じっか》に電話を入れた。たまたま非番《ひばん》で家にいた綾子が、電話口に出た。

「ケンくんのお母さんだがっ？　おらはケンくんと同じ作業現場《さぎょうげんば》で働いてるもんだっけんども…、じつは…じつは…ケンくんが……」

エイちゃんは、すぐにケンのことを切り出すことができなかった。

「ケンがどうしたんですか？　なにかあったんですか？」

綾子は不吉《ふきつ》なことを予想《よそう》していたかのように、思いのほか落ち着いていた。

「すんません…工事中に…鋼材が…ケンくんの頭さ当《あ》だってぇ…東京医大病院さ…すぐに来てけらっしゃい」

声を波立《なみだ》たせながら、エイちゃんは病院の住所と電話番号を伝えた。

アキは、たまたま実家《じっか》に来ていた伯母《おば》から会社に電話が入り、急報《きゅうほう》を知らされた。

アキは、すぐに会社のある四谷《よつや》からタクシーに飛び乗り、東京医大病院に向かった。

このとき、正一はというと、「鳥海山の森を守る会（以下守る会）」の総会《そうかい》で講演《こうえん》を依頼《いらい》するため、講演者の住まいのある月山《がっさん》の麓《ふもと》にいた。一夜明け、自宅に帰り着いた正一は、留守《るす》を預《あず》かっていた姉から急報を聞き、すぐに夜行列車《やこうれっしゃ》で東京に向かった。


アキが病院の救命室《きゅうめいしつ》に飛び込んできたのは、事故後一時間経《た》ってのことだった。目の前には、頭部《とうぶ》を包帯《ほうたい》でぐるぐる巻《ま》きにされたケンが目を瞑《つむ》っていた。

「ケンちゃん！　がんばるのよ！　がんばって！　ケンちゃん！　ケンちゃん！」

アキは、ベッドの傍《かたわ》らで跪《ひざまず》きながら叫《さけ》んだ。

絶叫《ぜっきょう》に近い泣き声が、救命室に響《ひび》き渡《わた》っていた。

医師《いし》が、そっとケンの手首を掴《つか》み、脈《みゃく》を測《はか》っている。

アキの後ろには、唇《くちびる》を噛《か》み締《し》め、下を向いて立っているエイちゃんとシンの姿《すがた》があった。

医師から何かしらの指示《しじ》を受けた看護師《かんごし》が、慌《あわ》ただしく病室を飛び出していった。

包帯《ほうたい》と包帯の隙間《すきま》からわずかに見える乾《かわ》ききった唇からかすかな声がもれてきた。

「うぅーん、アキちゃん」

「なに？　ケンちゃん」

この言葉を残し、すぐに人工呼吸器《じんこうこきゅうき》がつけられた。そのまま昏睡状態《こんすいじょうたい》が始まった。

東京医大病院脳外科病棟《のうげかびょうとう》のナースステーションは、看護師《かんごし》たちの出入りで慌《あわ》ただしくなっていた。ケンの容態《ようだい》が急変《きゅうへん》し、救命室には数々の医療器具《いりょうきぐ》が持ち運ばれていく。

看護師が手際《てぎわ》よく、医療器具を取り付けている。見守《みまも》っていた家族は、一旦《いったん》、救命室の外へ退去《たいきょ》させられ、室内では医師による電気ショックによる心蘇生術《しんそせいじゅつ》が行われていた。

救命室の外の待合室《まちあいしつ》には、ハンカチで口元《くちもと》を押さえた綾子とアキがいた。

「ケンちゃん…がんばってぇ…」

目を赤く腫《は》らしながら、じっと付《つ》き添《そ》っている綾子は心の中で繰《く》り返《かえ》し叫《さけ》びつづけている。

急報《きゅうほう》を受けてから、翌日《よくじつ》の午前中には病院に到着《とうちゃく》していた正一は、待合室の外の廊下《ろうか》の椅子《いす》に座《すわ》りながら、ざわついた心を鎮《しず》めるかのように、あの日の記憶《きおく》を思い起こしていた。

幼《おさな》いケンを背負子《しょいこ》でおぶって初めて鳥海山に登った日の思い出だった。

「あの日は、確《たし》か長梅雨《ながつゆ》も終わり、雲ひとつない、真《ま》っ青《さお》な晴天《せいてん》に覆《おお》われていた。Tシャツと短パン姿で、石敷《いしじ》きの山道を登りながら、背負子にしがみついているケンに語りかけたっけ。

『ケン坊、大きく、なったら、冬山を、一緒《いっしょ》に、登ろうなぁ…。そのときに…、オットータンの、好きな酒を、いっぱい、担《かつ》いでくれよ…。オットータンが、歳《とし》で、歩けなくなったら、ケン坊におぶって、登ってもらうからなぁ…』って。

息を切らしながら語りかけていた。

『わかったよ、オットータンをおぶって、一緒に登ってあげるよ！』ってなぁ。

ケンが熊《くま》よけの笛《ふえ》を鳴らしてくれたんだぁ

そう、あの日から、ケンとの山登りが始まったんだ。山の神様《かみさま》、どうか、お願いです。ケンを救《すく》ってやってください！」

頬《ほお》を伝《つた》う涙をぬぐうこともなく、瞳《ひとみ》を閉じたまま、正一は祈《いの》りつづけた。握《にぎ》られた拳《こぶし》が小刻《こきざ》みに震《ふる》えていた。掌《てのひら》にはクルミの実が固く握られていた。

しかし、救命室《きゅうめいしつ》では、医師や看護師たちの懸命《けんめい》な手当《てあ》ての甲斐《かい》もなく、心電図《しんでんず》のモニターが、ぴーっと一際《ひときわ》、甲高《かんだか》い電子音《でんしおん》をともなって、いのちのリズムが途切《とぎ》れたことを告《つ》げていた。ケンの心肺《しんぱい》が、永遠《えいえん》に停止《ていし》した瞬間《しゅんかん》だった。

綾子、正一、親戚《しんせき》一同《いちどう》、カンちゃん、寺岡、清子、東京にいる庄内高校の同級生をはじめ、たくさんの人たちが見舞《みま》いに駆《か》けつけた。

みんなの懸命《けんめい》な祈《いの》りも叶《かな》わず、ケンは二度と目を開けることなく、天国へと旅立った。死因《しいん》は、十メートルの高さから落下してきた百キロを超《こ》える鋼材が後頭部《こうとうぶ》を直撃《ちょくげき》したことによる、脳挫傷《のうざしょう》であった。

帰国後、鳥海山の自然を守るために、父と一緒にリゾート開発反対のための署名《しょめい》活動《かつどう》に奔走《ほんそう》していた矢先《やさき》の出来事《できごと》だった。

ケンの死後《しご》、綾子は、工事現場に置かれていたディパックの中から友人宛《ゆうじんあて》の書きかけの便箋《びんせん》を見つけた。便箋は、小学校の同級生たちに宛てた手紙であった。

「親愛《しんあい》なる六年三組の伊藤幸広《いとうゆきひろ》さんへ。

ご無沙汰《ぶさた》しています。お元気ですか。

伊藤さん、まだ葛飾区《かつしかく》に住んでいるのでしょうか？

突然《とつぜん》に驚《おどろ》かせてしまって、申《もう》し訳《わけ》ありません。

今、僕は、東京で朝早くから夜遅くまで肉体労働《にくたいろうどう》のアルバイトに明《あ》け暮《く》れています。

というのは、アメリカの大学に行って、森林生態学《しんりんせいたいがく》を勉強してこようと思っています。その学費《がくひ》を稼《かせ》ぐため、東京で働いています。

北南米大陸縦横断中《ほくなんべいたいりくじゅうおうだんちゅう》、僕は故郷《こきょう》の山、鳥海山が切《き》り崩《くず》される夢《ゆめ》を何度も見ました。それ以来、鳥海山が無くなりはしないかと心配でなりませんでした。

今、故郷の山、鳥海山の自然を守るために、環境保全活動《かんきょうほぜんかつどう》に取り組んでいます。しかし、しっかりと理論武装《りろんぶそう》をしてから巨大《きょだい》な権力《けんりょく》と戦わなければ難《むずか》しいことも知りました。

そこでお願いがあります。署名活動《しょめいかつどう》に協力してください。それに対する反対《はんたい》署名《しょめい》です。すでにご承知《しょうち》の通り、鳥海山には大手《おおて》企業《きぎょう》による大規模《だいきぼ》なリゾート開発《かいはつ》が進められようとしています。

それは環境《かんきょう》破壊《はかい》のみならず、地元《じもと》の地域振興《ちいきしんこう》とはかけ離《はな》れた大企業側の利益《りえき》のみに合致《がっち》した計画《けいかく》です。

鳥海山には、数少なくなったブナ原生林《げんせいりん》をはじめとする貴重《きちょう》な自然がたくさん残っており、僕個人としても小さい頃から五十回も登ってきた、思い出のある山です。開発企業とそれに関与《かんよ》した政治家、一般の人も含め、「まず開発ありき」で、われわれの声に耳を傾《かたむ》けてくれようとしません。

実《じつ》は、今、庄内町《しょうないちょう》のリゾート開発反対派《はんたいは》七名（七名はみな父の元教《もとおし》え子《ご》です）は、村八分《むらはちぶ》にあっています。あまりに自然に対する認識《にんしき》がなさすぎます。この悔《くや》しい思いを、どうかわかって欲《ほ》しいんです。お願いです。どうか力を貸《か》してください」

ここで、文章《ぶんしょう》は終わっていた。

数日後、元担任《もとたんにん》だった赤井《あかい》先生がケンの遺志《いし》を継《つ》ぐため、当時の生徒たちと協力し合い、鳥海山のリゾート開発反対署名のお願いの手紙を書いて送ることになった。結果《けっか》、四〇名クラス全員の署名が集まった。

ケンのひたむきな生き方は、多くの新聞・雑誌に取り上げられた。中でも、NHKで放映《ほうえい》されたドキュメンタリー番組《ばんぐみ》では、ケンの生き方と父子の親子愛《おやこあい》が鳥海山の自然とともに紹介《しょうかい》された。

その直後には、番組放映《ほうえい》が大きな反響《はんきょう》を呼《よ》ぶこととなり、一挙《いっきょ》に七万人を超《こ》えるほどの署名が集まり、延《の》べ十一回にのぼる署名簿《しょめいぼ》が庄内町に提出《ていしゅつ》された。しかし、その反響の大きさに危機感《ききかん》をもったのは、事業開発を推進《すいしん》する企業側と町長《ちょうちょう》以下推《すい》進派《しんは》である一部の政治家《せいじか》たちだった。世論《せろん》によるリゾート開発反対の気運《きうん》が高まるのを怖《おそ》れたのだ。

ついに、反対派との十分な話し合いがもたれることもなく、県の推進派は開発計画の事業《じぎょう》を決定《けってい》した。

正一を含む元教え子七名だけのリゾート開発に反対する人たちは、大きなピンチに立たされることとなった。

のちに正一は、あるジャーナリストへの手紙にこう記《しる》している。

「息子の遺志《いし》を生かすためにも、親としてもうひと頑張《がんば》りしなければと思っているところです」

正一は、これからの反対運動のための計画を練《ね》り直《なお》すために、一旦《いったん》、山形市に戻《もど》ることにした。

第十三章　イヌワシの奇跡《きせき》

一九九二年二月　貝型《かいがた》雪渓《せっけい》にて

さえぎるもののない庄内《しょうない》平野《へいや》の地平線《ちへいせん》が、一面《いちめん》に広がっていた。上空には、重くどんよりと垂《た》れ込《こ》めた暗灰色《あんかいしょく》の雲が流れていた。

線香《せんこう》の抹香臭《まっこうくさ》い匂《にお》いが運ぶ、みぞれ混じりの北風を受け、正一はケンの墓前《ぼぜん》で掌《て》を合わせていた。

「ケン坊…、とうとう開発事業《かいはつじぎょう》がスタートしてしまったよ。遺志《いし》を継《つ》ぐことができなくて…、すまない！　お父《とお》ちゃん、がんばったんだけどなぁ……」

溢《あふ》れ出る思いに喉《のど》がつまり、それ以上、言葉《ことば》にすることができなかった。正一は、しっとりと濡《ぬ》れる下草《したくさ》の上に正座《せいざ》したまま、膝《ひざ》の上で固く握《にぎ》られた拳《こぶし》が小刻《こきざ》みに震《ふる》えている。

吹きつける北風は、すでにみぞれ混じりの雪に変わっていた。

正一が自宅に戻《もど》ると、一枚のファックスが届けられていた。

そこには日本山岳会山形支部《にほんさんがくかいやまがたしぶ》の山下から、至急連絡《しきゅうれんらく》をするようにと記《しる》されてあった。

日本山岳会の山下《やました》は、ともにリゾート開発の反対活動《はんたいかつどう》を応援《おうえん》してくれているメンバーだ。

「タケさん、イヌワシの営巣地《えいそうち》があるんだど。一組《ひとくみ》の番《つがい》と、それに連《つ》れ添《そ》って飛ぶ幼鳥《ようちょう》一羽《いちわ》を、うちのもんがしっかり見てんだぁ！　イヌワシを確認《かくにん》できれば、計画《けいかく》中止《ちゅうし》できんぞ！」

「イヌワシ？」

「んだ。今、資料《しりょう》送《おく》っからよく見ておいてけろ。一刻《いっこく》も早く調査《ちょうさ》チームを編成《へんせい》して探索《たんさく》を開始《かいし》すっぺ」

イヌワシとは、国が天然記念物《てんねんきねんぶつ》に指定《してい》している猛禽類《もうきんるい》の一種。鳥類の中で食物連《しょくもつれん》鎖《さ》（自然界で食ったり食われたりする関係で結びついているつながり）の頂点《ちょうてん》に君臨《くんりん》し、国内では絶滅危惧種《ぜつめつきぐしゅ》に指定されている。

山下は、興奮《こうふん》しながらこうつづけた。

「んだけんども、安心していられんでねえがぁ？　情報筋《じょうほうすじ》によっと、来月からリフト設置《せっち》に向けた測量《そくりょう》の杭《くい》が打たれるっつうことらしいんだわぁ。んだども、杭打たれたら、イヌワシも現れなくなるっつうことだべ。今月中だべ！　今月がラストチャンスだぁ！　今月中に、なんとか出発できるよう準備させらんないかんのぉ」

「わかりました。冬の鳥海山は、どの山よりも厳《きび》しい山です。慣《な》れたものでないと道に迷《まよ》ってしまうでしょう。私と元教《もとおし》え子《ご》で行こうと思います」

「んだら、その前にまんず、鳥類の専門家《せんもんか》を含《ふく》めたチームと日本山岳会や『守る会』の合同で〝第一次イヌワシ調査〟をするっぺ。ほんで、発見できたら詳細《しょうさい》な第二次の調査をお願いすんべ」

山下は、正一にそう伝えた。

すぐに鳥類の専門家を含めたチームと日本山岳会の自然保護《しぜんほご》委員会《いいんかい》や「守る会」の合同チームが編成《へんせい》され、イヌワシ探索が開始された。

第一次イヌワシ調査は、イヌワシの高頻度《こうひんど》利用地域《りようちいき》と思える三カ所で定点《ていてん》観測《かんそく》を行った。

この調査に参加した人たちは、「こんなにいるのか…」と一様《いちよう》に声をそろえたという。そう洩《も》らした人たちの目には、一組の番《つがい》と、それに連《つ》れ添《そ》って飛ぶ幼鳥二羽《ようちょうにわ》の姿《すがた》がしっかりと捉《とら》えられていた。イヌワシの大空を舞《ま》う姿は、まるでスキー場の予定地を抗議《こうぎ》するかのようでもあった。

しかし、庄内町の町長《ちょうちょう》はそれに対し、こう反論《はんろん》したという。

「イヌワシの飛翔《ひしょう》は確認されました。しかし、営巣地《えいそうち》はスキー場周辺には存在しないのではないか、と考えています。しかも、町民はスキー場を求めています。後日《ごじつ》に行ったイヌワシ調査の結果では、予定地周辺に営巣地はなかった、とも報告されています」

庄内町側は、スキー場ありきの一点張《いってんば》りだった。

反対派が慎重《しんちょう》な審議《しんぎ》を求めたのに対し、県側との話し合いは二回で打ち切られた。結論《けつろん》を急ぎ、全会一致《ぜんかいいっち》で「スキー場計画は適当《てきとう》」との結論を出してしまったのだ。

その県側の結論に対し、独自《どくじ》の学術《がくじゅつ》調査《ちょうさ》を行ってきた日本山岳会は、調査の結果があまりにも不十分だ、と糾弾《きゅうだん》し再審議を求めた。

ある日の夜、正一と元教え子の柏木《かしわぎ》の二人は正一の自宅であり、「守る会」の事務所でもある一室で今後の対応《たいおう》について話し合っていた。

石油ストーブの上に置かれた薬缶《やかん》から白い湯気《ゆげ》が立《た》ち上《のぼ》っている。窓ガラスが、すでに白くなっていた。

最初に重苦《おもくる》しい沈黙《ちんもく》を破《やぶ》ったのは、柏木だった。

「先生、ついに日本山岳会が独自の調査を開始《かいし》したそうです」

「ああ、会のあるメンバーは、『このまま開発《かいはつ》が始まりでもしたら、必ず禍根《かこん》を残すことになる』と洩《も》らしていたそうだ」

「それにしても、納得《なっとく》いかないですよ。スキー場計画の事業主《じぎょうしゅ》から提出《ていしゅつ》された環境《かんきょう》アセスメント（環境影響評価《かんきょうえいきょうひょうか》）を審議《しんぎ》するんですよね。なのに、推進派《すいしんは》である県側が諮問《しもん》した案件《あんけん》を、審議会が否決《ひけつ》するわけがないじゃないですか。第三者機関《だいさんしゃきかん》を入れて、慎重に審議しないと公平《こうへい》な審議ができないのは明らかでしょ」

「まったくだ。聞いたところによると、名ばかりの審議会に参加した委員《いいん》のひとりは、県が結論を急いでいることは言葉の端々《はしばし》から分かったと言っていたそうだ。しかも、あそこまで露骨《ろこつ》だと不愉快《ふゆかい》きわまりなかったと……」

「そこまでするのは、一体《いったい》何なんでしょうかね。やはりお金なんですか？」

「……」

正一は心の中で、おそらくそうだろうと頷《うなず》いていた。

「ところで、柏木くんは、スキー場予定地の中に営巣地《えいそうち》が入っていると思うか？」

正一は、グラスに入った日本酒を飲み干してから訊《たず》ねた。

「入っていると思いますね。先生、これを見てください。集めたイヌワシの発見場所のポイントを七十六本の赤ペンを使って、こうやって塗りつぶしてみたんです。すると何箇所《なんかしょ》か重なるポイントが出てくるんです。それが五合目と六合目の間の雪渓《せっけい》（雪が固く積《つ》もった谷）のところです。

ここは藪《やぶ》がひどくて歩けないので、道を切《き》り拓《ひら》いていくしかないのですが…、かりに道を作れたとしてもイヌワシを発見でき、登山道から一番近いところとなると…このポイントしかないと思うんですよ」

「私も同じことを考えていた。今までのイヌワシの発見場所から考えると登山道周辺でなく、もっと東に行った、この貝型雪渓《かいがたせっけい》でないかと思っている」

「貝型雪渓…。マタフリ滝《だき》の上流にある雪渓ですね。あそこは鳥海山の中でも一番雪が深く、積雪も三十メートルを超《こ》えると言われています。しかも、表層雪崩《ひょうそうなだれ》も起《お》こりやすく、ガスがかかると、慣《な》れている地元の人間でも迷《まよ》ってしまうようなところです」

「そうなんだが…、どうしてもこの予定地の周辺に営巣地があるような気がしてならないんだ。これは、私の勘《かん》なんだが…」

「このポイント以外の登山道は、ほとんど探《さが》し歩いているわけですから、いるならその辺《あた》りでしょうね。一週間ぐらい野営《やえい》するつもりで探さないと見つからないかもしれません。

一帯は山崖《さんがい》も険《けわ》しく、深雪地帯《しんせつちたい》でもあります。しかも、ここは人を飲み込む死《し》の崖《がけ》があるとも聞いています」

「でも、呑気《のんき》なことを言ってはいられないぞ。細心《さいしん》の注意を払《はら》っていくようにしよう。すぐ、四日後に出発しよう」

「では明日、食糧と撮影機材《さつえいきざい》を手配《てはい》します」

正一のグラスに日本酒を注《そそ》ぎ足《た》すと、柏木はゆっくりグラスを重《かさ》ねた。

薬缶《やかん》から立ち上っていた湯気《ゆげ》が薄《うす》くなりかけていた。資料を手際《てぎわ》よく茶封筒《ちゃぶうとう》に収《おさ》めると、柏木は勢《いきお》いよく部屋を飛び出していった。

正一が窓際《まどぎわ》に近づき、湿気《しつけ》で白くなっているガラスを人差《ひとさ》し指で触《ふ》れてみた。さっきまで降りつづいていた牡丹雪《ぼたんゆき》は、粉雪《こなゆき》に変わっていた。街灯の灯《あか》りに反射《はんしゃ》する白い輪《わ》の中を走り抜けていく柏木の後ろ姿があった。


長かった冬も終わりを告《つ》げ、もうすぐ春が訪《おとず》れようとしていた二月下旬。この時期の鳥海山は、その全景を望める日はほとんどない。

正一がイヌワシ探索《たんさく》に選んだ日は、昨晩から吹雪《ふぶ》いていた風もおさまり、わずかばかりの雲の切れ目から日が射《さ》し始めていた。雪質《ゆきしつ》は、日本海の潮風《しおかぜ》を含んでいるため、凍《こお》るとシャーベット状になる。しかも、北アルプス連峰《れんぽう》の雪と比べると積雪《せきせつ》量《りょう》も多く、妙《みょう》な粘《ねば》り気《け》がある。この雪質が、正一と柏木の足取《あしど》りを鈍《にぶ》くさせていた。

降り積もった雪をかき分けながら、正一は一歩一歩に気持ちを乗せて歩いていた。深い雪が、輪かんじき（靴《くつ》が雪の中に埋《うま》らないように付ける輪型《わがた》の歩行具《ほこうぐ》）をつけた片足を飲み込む。さらに一歩を繰《く》り出《だ》そうとする足首に重い雪が絡《から》みつく。乱暴に、膝《ひざ》で雪を掻《か》き分《わ》けて進まなければならない。

時々、正一は振り返り、柏木がついてくるのを確認しながら前進していく。振り向くと五メートル後方で、柏木が正一から引き離されまいと必死に雪と格闘《かくとう》している姿が目に入った。一週間分の食糧や撮影機材を入れたザックの重みにより、上体を煽《あお》られながら、柏木はどうにか両手でバランスをとっている。まるでゾウガメの子が、岩をよじ登ろうともがいているようにも見えなくもなかった。

「大丈夫《だいじょうぶ》か、あそこにブナの木立《こだち》があるだろ。あそこに目印《めじるし》をつけていくから、そこで小休止《しょうきゅうし》を入れよう。あそこまでがんばれ！」

正一は、後ろを振り返り、柏木に声をかけた。

空をおおっていた灰色の雲が、霧状《きりじょう》に変わり、辺《あた》りも明るくなってきている。いつのまにか風も止《や》み、耳に届いてくるのはざくっ、ざくっと雪肌《ゆきはだ》を踏《ふ》みつける音だけだ。

しばらくすると、前方に雪面《せつめん》から顔を出しているブナの木立を確認した。正一は、雪崩《なだれ》の危険のない雪面か確かめてから小休止するため、下に敷《し》く柴《しば》を探しに向かった。

一方、柏木はからだを休めるために雪面の雪踏《ゆきぶ》みを始めた。

道に迷《まよ》ったときの目印《めじるし》とするため、正一は忘れないうちにブナの枝木に赤い布切《ぬのき》れを結《ゆ》わい付《つ》けていく。

積雪を被《かぶ》ったブナの木立を揺《ゆ》らす風はないようだ。

突然、雲間《くもま》から一筋《ひとすじ》の光が射《さ》し込《こ》んできた。黄金色《こがねいろ》の光線を受けた雪肌は、ガラスの砂を散りばめたような輝《かがや》きを放《はな》っている。この風のない静かなひとときが、嵐《あらし》の前の静けさであるとは二人には知るよしもなかった。

柴の上に腰を下《お》ろしていた柏木は、正一がしている軍手《ぐんて》を見て言葉を失った。真っ白い軍手が、流血《りゅうけつ》で赤黒く染《そ》まっていたからだ。

半日、ずっと山刀《やまがたな》で立木《たちき》を伐《き》りながら進んできたために、掌《て》のひらの血まめがつぶれ、赤黒い軍手に変わっていた。正一は激痛に顔をゆがめながら、一本一本の指先から軍手をゆっくり剥《は》がし取《と》ってみた。

ふやけた皮膚《ひふ》の皮が剥がれ、赤い筋肉があらわになっている。筋肉から噴《ふ》き出た血液は赤黒い血のかたまりとなり、指関節《ゆびかんせつ》の皺《しわ》に溜《た》まっている。

「先生、今度は私がトップでラッセルしますよ」

「俺は大丈夫《だいじょうぶ》だ！　それよりも不気味《ぶきみ》なくらい静かだな。荒れなければいいが…」

「天気が崩《くず》れる前に先を急ぐとするか！」

正一がゆっくりと立ち上がった。正一がトップにつき、後ろを柏木が膝上《ひざうえ》までの雪を蹴散《けち》らしながら前進をつづける。

誤《あやま》って吹《ふ》き溜《だ》まりに入り込んでしまうと、胸《むね》までの積雪に埋《う》もれてしまい、身動きがとれなくなってしまう。

正一は、前途《ぜんと》を阻《はば》む雪と格闘《かくとう》しながら、今までの開発企業との闘《たたか》いを思い起こしていた。

あれは、確か累計《るいけい》五万名の反対署名《はんたいしょめい》の名簿《めいぼ》を庄内町長に提出しに行ったときのことだった。

正一は町長室のソファに腰《こし》を沈《しず》めると、テーブルの上に置かれた名簿の入った紙袋を見つめながら、町長を待っていた。

室内は静まりかえり、聞こえてくるのはローテーブルに置かれた置き時計の秒針の音だけだった。

しばらくして、静寂《せいじゃく》を破《やぶ》るように町長が入ってきた。

「お待たせしました、武田さん。えーっと、今日はなんですか？　名簿《めいぼ》の提出《ていしゅつ》ですかね？」

町長は、ソファに腰を沈めながら言った。

「ここに累計《るいけい》五万名の反対署名の名簿が入っています。お受け取りください」

そう言って、正一は紙袋《かみぶくろ》を町長の前に差《さ》し出《だ》した。

五万という数を聞いた途端《とたん》、町長は一瞬、眉間《みけん》に皺《しわ》を寄《よ》せた。

「五万名ですか…わかりました！　では…預《あず》からせていただきます！　規則に則《のっと》った署名がなされているかどうかをこちらで確認させていただいてから、追《お》って、後日、最終集計数《さいしゅうしゅうけいすう》をご報告申し上げます！」

町長は、居住《いず》まいを正《ただ》すと、緊張《きんちょう》した様子の甲高《かんだか》い声で言った。紙袋の中のノート十冊分の名簿を取り出し、荒々《あらあら》しくテーブルの上に広げた。

町長は、ぱらぱらと名簿に目を通したかと思うと、すぐに紙袋に収《おさ》めた。

一瞬、二人の間に沈黙《ちんもく》がうまれた。

「では、よろしくお願いします」

正一は重々《おもおも》しい間《ま》を破るように頭を下げ、町長室をあとにした。

その後、正一が町役場《まちやくば》関係者から聞いた話によれば、正一が帰った後、町長はすぐに職員《しょくいん》を呼びつけ、反対署名の名簿の中に庄内町住民の名が入っていないか確認させたという。

もし名簿の中に庄内町の住民がいれば、すぐにその住民を呼《よ》びつけ、反対者一人ひとりと面談《めんだん》し、推進するように説得《せっとく》していったと聞かされた。

日が経《た》つにつれ、庄内町内のリゾート開発反対派は、推進派《すいしんは》の村人たちから村八《むらはち》分《ぶ》にされていった。最後まで反対運動をつづけたのは、正一の元教え子七名のみであった。

ある日、その事実を知った正一は、七名一人ひとりと会い、開口一番《かいこういちばん》にこう言って頭を下げて回った。

「こういう結果になってしまって、本当に申《もう》し訳《わけ》ない!」

「先生、村八分になっても僕たちは大丈夫です。私たちだけでも頑張って、鳥海山を守っていきましょう!」

元教え子たちは全員、口《くち》を揃《そろ》えたかのように、正一を励《はげ》ましてくれた。

正一は元教え子たちの言葉に感極《かんきわ》まり、溢《あふ》れ出しそうな涙を堪《こら》えるのが精一杯《せいいっぱい》で、声を出すことができなかった。

一方、日《ひ》を追《お》うごとに、正一への嫌《いや》がらせは増えていった。

ある日、正一が庄内町内の公民館《こうみんかん》で反対派《はんたいは》集会《しゅうかい》を終え、帰宅《きたく》の途《と》についていたときのことだった。

駐車《ちゅうしゃ》してあった正一の車のバックミラーが、すべて割《わ》られていたこともあった。

また、あるときには、車のボンネットを金属片《きんぞくへん》か小石で傷《きず》をつけられたこともあった。

帰り道、こんな卑怯《ひきょう》な仕打《しう》ちに、悔《くや》しくて悔しくてハンドルを握《にぎ》りしめながら帰ったことが、昨日のことのように思い出される。

それだけではなかった。自宅に戻《もど》ると、さまざまな匿名《とくめい》のいたずら電話や脅《おど》しの手紙が毎日のように届けられていた。

郵便《ゆうびん》受《う》けの中に、広告の裏《うら》に「おまえは鳥海山に入ってイヌワシとでも暮《く》らしてろ！　二度と出てくるな！」と殴《なぐ》り書《が》きされた紙切《かみき》れが投げ込まれていたこともあった。

一番辛《つら》かったことは、反対派の七名のうちの元教え子の奥《おく》さんが、仕事場《しごとば》でかなりひどいいじめを受けているのを聞かされたときだった。

その一方で、リゾート開発推進派《かいはつすいしんは》の住民たちにも、それなりに推進する理由もあった。

年々、山形県内の市町村の人口《じんこう》は、都会への流失《りゅうしつ》による人口減少《げんしょう》により、過疎化《かそか》と高齢化《こうれいか》が進んでいた。

都会への人口流失《じんこうりゅうしつ》を食《く》い止《と》めるためにも、地域経済《ちいきけいざい》を復興《ふっこう》させるためにも、住民たちはリゾート開発に期待《きたい》しているところもあった。

しかし、その実態《じったい》はというと、多くの住民たちの期待に沿《そ》うようなものではなかった。

正一は、大手《おおて》の開発企業がこれまでに手がけてきたリゾート地の現状を、つぶさに調査したことがあった。

それによれば、地元《じもと》にほとんどお金が落ちず、大手企業側に収益《しゅうえき》をもっていかれる仕組《しく》みがすでに出来上がっているものであった。

正一は、闘《たたか》いの経緯《けいい》を思い出すだけで、深く積もった雪を蹴《け》りだす足にも力が入った。

そのときだった。ゴーッゴーッという遠雷《えんらい》の唸《うな》り声のような響《ひび》きが正一のからだを震《ふる》わせた。

振《ふ》り仰《あお》ぐと、先ほどまで雲間《くもま》から青空を覗《のぞ》かせていた上空には、暗雲《あんうん》が波打《なみう》つ龍《りょう》のように不気味《ぶきみ》な動きを見せ始めていた。

突然、冷たい突風《とっぷう》が正一たちを襲《おそ》う。

みぞれ混じりの氷《こおり》の粒《つぶ》が一つ、また一つと頬《ほお》に突き刺さる。瞬《また》く間《ま》に、微風《びふう》は徐々《じょじょ》に吹き荒れ、地吹雪《じふぶき》に変わっていく。

猛吹雪は容赦《ようしゃ》なく正一たちの顔面《がんめん》を襲い、口を塞《ふさ》いだ。目の前の視界《しかい》は、まるでレースのカーテンを下《お》ろしているかのように、見る見るうちに五メートル先も見えなくなっていく。

気温は強風により、マイナス十度を下回《したまわ》っているだろう。口を開けてはいられぬほどの雪煙《ゆきけむり》が顔を襲ってくる。口を結ぶと、上唇《うわくちびる》が舌や下唇《したくちびる》に貼《は》りついていく。睫《まつ》毛《げ》についた涙は凍《こお》りつき、氷柱《つらら》となって視界《しかい》を塞《ふさ》ぎ、口も開けていられない。

「柏木、これ以上、歩きつづけるのは危険《きけん》だ。一旦《いったん》、ここでツェルト（簡易《かんい》テント）

を張って、休憩《きゅうけい》をとろう！」

正一は、振り向きざまに柏木に伝えた。

柏木は近くのブナの木を探《さが》し、そこに三つの赤い布切《ぬのき》れを巻きつけ、その根元を踏み固め始めた。大人二人が座れるほどの穴を瞬《また》く間に作り上げ、ツェルトを張った。

正一はガスコンロに火をつけ、携帯用《けいたいよう》の鍋《なべ》に雪を詰《つ》め込《こ》み、湯が沸《わ》くのを待った。

「この天候《てんこう》では、イヌワシも出てこられないでしょう。ここは動かずにじっとして吹雪がおさまるのを待った方がいいですね」

柏木は、インスタントラーメンの袋を破《やぶ》りながら呟《つぶや》いた。

「しばらくはおさまらないだろうな。しかし今日中に、目的地の雪渓《せっけい》まではなんとしても行かなければならない。一週間分の食糧《しょくりょう》をもってきている。とにかく雪渓まで行って、そこで待機《たいき》することにしよう」

正一は、はっきりと言い切った。

ぐつぐつと沸《わ》き立《た》った熱湯《ねっとう》の水泡《すいほう》が弾《はじ》けていた。麺《めん》の塊《かたまり》を半分に割ってから鍋の中に入れると、熱湯の中で二つの麺が苦しそうに転《ころ》げまわっている。

最後の汁《しる》の一滴《いってき》も残さず腹に詰め込むと、からだが火照《ほて》ってくるのがわかった。

一時間の休憩後《きゅうけいご》、ツェルトをたたみ目的地までのトレース（ルートをたどる）を開始《かいし》する。温《あたた》まった体温を吹雪《ふぶき》の中にさらすと、寒さがより一層《いっそう》厳しく感じられる。果たしてイヌワシを発見し、撮影《さつえい》することができるのか。おそらく、これが最後のチャンスであることは、正一にも柏木にも十分すぎるくらいにわかっている。来月には、測量《そくりょう》の杭《くい》の打ち込みが開始されるのだ。

正一は、山刀《やまがたな》で雪を被《かぶ》った枝木を払いながら道を作り、分け入っていく。掌《て》の感覚はすでになくなっていた。

猛威《もうい》を振《ふ》るう吹雪の中、正一と柏木はイヌワシが生息《せいそく》していると思われる貝型《かいがた》雪渓《せっけい》に向かって雪を踏みしめながら登っていく。固《かた》く握《にぎ》る山刀と腕とが一つになった妙《みょう》な感覚だけが、腕《うで》全体にまとわりついている。

前方から、容赦《ようしゃ》のない吹雪が叩《たた》きつけてくる。正一の鼻水《はなみず》が凍《こお》りつき、呼吸困難《こきゅうこんなん》な状態に陥《おちい》っている。睫毛《まつげ》の氷柱《つらら》を指で払《はら》いのけ、両掌《りょうて》で口を覆《おお》いながら大きく息を一つつく。

あれから三十分が経過《けいか》しているが、半日近く歩きつづけているような感覚《かんかく》に襲《おそ》われる。

目的地に近づいている気配《けはい》すら感じられない。

五分歩いては、一分休憩《きゅうけい》を繰《く》り返《かえ》していく。

距離《きょり》を稼《かせ》ぐことは、次第《しだい》に難《むずか》しくなってきている。向かい風を避《さ》けるように前かがみの姿勢《しせい》から上体を起こし、周《まわ》りを見渡してみた。

一瞬《いっしゅん》、悪い予感《よかん》が頭をよぎった。どこか見覚《みおぼ》えのある風景の中に、赤い布切《ぬのき》れが風になびいているのが視界《しかい》に飛び込んできた。正一は一気にからだから血《ち》の気《け》が失《う》せるのを感じていた。

前進していたのではなく、弧《こ》を描《えが》くように同じところを回っていたのだ。

正一は、そのまま膝《ひざ》の力ががくっと抜《ぬ》け、跪《ひざまず》きそうになりながらも、辛《かろ》うじて持《も》ち堪《こた》えた。柏木は気づいているのだろうか。とにかく、一刻《いっこく》も早く貝型《かいがた》雪渓《せっけい》までたどり着かなければならない。

荒《あ》れ狂《くる》う吹雪は、思いとは裏腹《うらはら》に正一たちの行《ゆ》く手《て》を阻《はば》んでいる。

「寒い、とにかく寒い…」

山刀《やまがたな》を握《にぎ》る指先の痛《いた》みが、激しくなっていく。

「凍傷《とうしょう》になっているのだろうか。眠《ねむ》い…。すごく眠い…。このまま眠れたらどんなに気持ちよいだろう…。このまま横になり、眠りたい…。眠ってしまいたい…」

正一は、眠気《ねむけ》と必死に戦っていた。

すると、ある情景《じょうけい》が正一の目の前にすーっと立《た》ち現《あらわ》れた。それまで吹きつけていた吹雪はやみ、白いレースのカーテンをかけたような靄《かすみ》が足元《あしもと》に忍《しの》び寄《よ》ってくる。どこかで見たことのあるような、懐《なつ》かしい階段《かいだん》が足元に浮かび上がっている。よく見ると、それは満州《まんしゅう》にいたときに住んでいた実家の階段だった。

正一は、実家の階段の前に佇《たたず》んでいた。

「なぜ、こんなところに階段があるんだ？」

訳《わけ》が分からないまま、恐《おそ》る恐る近づく。

「正一、こっちさ来たら駄目《だめ》だぁ。**そっちさいれ！**」

前方から、男性の声がする。

気がつくと、正一は吹雪の中で立ったままで眠ってしまっていたらしい。

「駄目だぁ。眠ったら駄目だぁ」

正一は、呪文《じゅもん》を呟《つぶや》くように自分に言い聞かせてみる。が、眠りの神が手招《てまね》きをし、何度も何度も眠りの世界に誘《さそ》い込《こ》んでくる。

手にもっていた山刀《やまがたな》の峯《みね》で、太腿《ふともも》を思いっきり打ちつけてみる。全身に電流が流れたような激痛《げきつう》が走り、一瞬、目が覚《さ》める。が、歩くとまた睡魔《すいま》が襲《おそ》ってくる。それを、どのくらい繰《く》り返《かえ》しただろうか。正一は何度も何度も太腿を山刀で打ちつけながら歩きつづけた。

太腿が赤紫色《あかむらさきいろ》に腫《は》れ上《あ》がっているのは、熱をもった痛みでわかった。次第《しだい》にその痛みにも慣《な》れると、もう一方の太腿にも、同じことを繰り返していく。

正面から、風と雪が顔面に襲いかかってくる。フードには氷柱《つらら》が垂《た》れ下《さ》がり、視界《しかい》をさえぎっている。

指先と足先の突《つ》き刺《さ》すような痛みは、鈍痛《どんつう》に変わり、じわじわと激しさを増している。

足先から膝《ひざ》、太腿、脇腹《わきばら》、胸、腕、肩、首筋《くびすじ》の順に凍《こご》えてしまいそうな寒さだ。

今、自分がどこにいるのか、どの方角《ほうがく》に向かって歩いているのかさえ、分からなくなってきている。柏木は大丈夫だろうか。

後ろを振り返ろうにも、からだが思うように動かない。

すでに腰あたりまで達している豪雪地帯《ごうせっちたい》で、太腿を思いっきり前に送り出してみる。そのたびに、からだごと深い谷底に飲み込まれていく。

すでに降り積もった雪は胸元《むなもと》まで達し、泳ぐようにしてしか前に進めなくなっている。

誰かの叫《さけ》び声《ごえ》のような音を、かすかに耳にした気がした、そのときだった。

一瞬、上体《じょうたい》が宙《ちゅう》に浮《う》いた。次の瞬間、巨大な雪の塊《かたまり》が正一の胸を圧迫《あっぱく》する。息ができなくなり、からだが回り始めたのだ。一瞬、目を瞑《つむ》り、次に目を開けると、ぱっと視界が明るくなった。

なんだ？　この景色《けしき》は？　目の前には、黄色のニッコウキスゲが咲《さ》き乱《みだ》れ、モンシロチョウやアゲハチョウ、白い鳩《ハト》がお花畑の中を気持ちよく舞《ま》っている。

とても、のどかな光景《こうけい》が広がっていた。青地《あおじ》に白いラインのひかれた運動靴《うんどうぐつ》をはいた幼児《ようじ》が、お花畑で白い鳩やモンシロチョウを追い駆けている。

すると、前方からさきほどの男性の声が聞こえてきた。

「正一、こっちさに来ては駄目《だめ》だ!」

目を上げて見ると、軍帽《ぐんぼう》に軍服姿《ぐんぷくすがた》の父親が白い鳩をもって立っていた。父親が白い鳩を空に向かって放《はな》った。すると、白い鳩はゆっくりと翼《つばさ》を広げ、青い空へと消《き》えていった。

幼児が、白い鳩を追《お》い駆《か》ける。どこからともなく、聞き覚えのある声を聞いたような気がする。

「ここだよ…」

突風《とっぷう》が、正一を襲《おそ》う。それまで空にかかっていた靄《かすみ》は一瞬にして消えていった。気づくと、柏木が正一の腕をひっぱり、雪に埋もれているからだを掻《か》き出《だ》そうとしていた。

「大丈夫ですか。先生、しっかりして下さい!」

正一は、誤《あやま》って表層雪崩《ひょうそうなだれ》の頻発地帯《ひんぱつちたい》に足を踏み入れ、雪崩に巻《ま》き込《こ》まれていたらしい。

しかし、幸《さいわ》いにも吹《ふ》き溜《だ》まった雪が、流れ落ちるだけの小規模《しょうきぼ》な雪崩であった。そのため、十メートル程度の落下ですみ、辛《かろ》うじていのちだけは助かった。柏木も正一の近くにいたら、一緒《いっしょ》に巻き込まれていたかもしれなかった。

今まで吹きつけていた吹雪が、嘘《うそ》のようにおさまり、周《まわ》りに静寂《せいじゃく》が訪《おとず》れていた。

「ここだよ…、ここだってば…」

また聞こえた。やはり、どこかで聞いたことのある声だ。頭が混乱《こんらん》しているのか、正一はすぐには思い出せない。

そのときだった。突然、雲間《くもま》から光の帯《おび》が射《さ》し込《こ》んできた。サーチライトのような日射《ひざ》しが、正一と柏木を包《つつ》み込《こ》んだ。降《ふ》り注《そそ》ぐ光の輪の中に、二人はいた。

頭上《ずじょう》に見える光景は、天国《てんごく》なのか、地獄《じごく》なのか、この世のものなのか、わからない。

「お父《おと》ちゃ〜ん、お父ちゃ〜ん、ここだよ、ここだってばぁ〜」

決《けっ》して忘れることのない声だった。

「ケン坊かぁ…」

今にも消え入りそうな、その声を正一は決して聞《き》き逃《のが》さなかった。

柏木の肩越《かたご》しにかかる大きな虹《にじ》も、正一は、はっきりと視界に捉《とら》えていた。

次の瞬間、心が震《ふる》えた。

「イヌワシ…」

まだおぼろげな意識《いしき》の中、正一は一点を凝視《ぎょうし》しながら呟《つぶや》いた。

ゆっくり振《ふ》り返《かえ》り、柏木が空を振り仰《あお》ぐ。

そこには、頭上を旋回《せんかい》しているイヌワシの姿《すがた》があった。光の帯《おび》の周りを大きい輪《わ》を描《えが》きながら舞《ま》っている。後方には、寄《よ》り添《そ》うようにして飛ぶ幼鳥《ようちょう》二羽《にわ》を従《したが》えている。

イヌワシの親子《おやこ》は、自分たちの存在《そんざい》を正一たちに教えてくれているかのように何度も旋回している。

この光景《こうけい》を仰ぎながら、正一はある思いを噛《か》み締《し》めていた。

「ケンの魂《たましい》が、イネワシに姿を変え、現れている。お父ちゃん…、ここにいるよぉ…って言っている。わかる…私にはわかる…ケンの魂だというのが……。ケン坊…ありがとうよ……」

頬《ほお》を伝《つた》う涙をぬぐわず、正一はただ静かにその場で両掌《りょうて》を握っていた。

最後の力をふり絞《しぼ》って、正一はカメラをザックから取り出すとイヌワシにピント

を合わせ、ただただシャッターを押《お》しつづけた。撮影《さつえい》された写真によって、イヌワシの営巣地《えいそうち》が、スキー場開発予定地《かいはつよていち》にあることが証明《しょうめい》されたのだ。

大手新聞各社をはじめ、多くのメディアで「絶滅危惧種《ぜつめつきぐしゅ》イヌワシが鳥海山で発見される！」と大々的《だいだいてき》に報《ほう》じられた。そのことにより、全国規模で大きな反響《はんきょう》を呼《よ》ぶこととなった。

一九九五年、五月八日、山形県知事《やまがたけんちじ》は会見《かいけん》の席上《せきじょう》、前回の県側の開発決定について、一旦《いったん》は見直《みなお》しもありうるとトーンダウンしたが、早くも一ヶ月後には、前言《ぜんげん》を翻《ひるがえ》した。あくまでも、スキー場開発ありきの発言《はつげん》に終始《しゅうし》するものであった。

その後、県は調査検討委員会《ちょうさけんとういいんかい》を設置《せっち》。すぐに中間報告《ちゅうかんほうこく》がなされたが、それは非公開《ひこう かい》であった。こうした県側の対応《たいおう》に対し、「これまでにも、全国各地で環境《かんきょう》アセスメント（環境影響評価《かんきょうえいきょうひょうか》）の調査をしてきましたが、これほどまでに事実を歪曲《わいきょく》して結論《けつろん》を出そうとする県は初めてだ！」と、調査会社の担当者からも批判《ひはん》の声が上がっていた。

次に開かれた調査検討委員会では、初めから開発ありきの県の態度《たいど》に不信《ふしん》をもった五名の委員が、「『開発は環境に大きな影響を与える』とした環境影響評価のコメント（見解《けんかい》）が、報告書にほとんど盛り込まれていない」として、委員会をボイコット（拒絶《きょぜつ》）した。

一九九七年四月十六日、そんなやりとりに業《ごう》を煮《に》やした「守る会」のメンバーは、ついに環境庁《かんきょうちょう》と林野庁《りんやちょう》まで足を運び、イヌワシの保護《ほご》とスキー場開発の撤回《てっかい》を求めた。

このことを大手《おおて》新聞各社が採《と》り上《あ》げ、紙面も地方版から全国版の社会面に移行《いこう》するほどの全国的な関心を巻《ま》き起《お》こしていった。が、その一ヶ月半後に行われた、環境アセスメントの調査検討委員会も非公開《ひこうかい》だった。

そのような状況の中でも、正一は決してめげなかった。

「調査データすら公開しないとは考えられない！　県民《けんみん》の意見が反映《はんえい》されずに、結論が出てからの情報公開《じょうほうこうかい》では、まったく意味がない！　県側出席者が『影響は少ない』と白を黒と言い含《ふく》めないように監視《かんし》する必要がある」と、「守る会」のメンバーに檄《げき》を飛《と》ばした。

そうこうするうちに、時代の風向《かざむ》きが変わってきた。バブル経済に踊《おど》らされてきたリゾート開発の波は、バブル崩壊《ほうかい》とともに力を弱め始めたのである。そして、リゾート開発から自然保護《しぜんほご》へと移りゆく時代の流れの中で、スキー場事業の撤退《てったい》に追い込むことができた。

正一たちの「守る会」が、一九八五年から一九九七までの十三年間に亘《わた》って闘《たたか》いつづけてきた開発会社は、ついに、「スキー場計画は、県と庄内町からの要請《ようせい》に基《もと》づいて調査を進めたもので、自然保護は大切なことであり、支障《ししょう》があるならばスキー場は建設するべきではないと考えます」とのメッセージを報道機関に送り、鳥海山のリゾート開発から事実上の撤退を表明《ひょうめい》した。

この話にはおまけがついた。リゾート会社のオーナーは、その後、別件《べっけん》で証券取《しょうけんとり》引法違反《ひきほういはん》の容疑《ようぎ》で逮捕《たいほ》され、世界の長者番付《ちょうじゃばんづけ》にも登場していた頃の社会的地位と名《めい》声《せい》を一挙《いっきょ》に失うこととなった。

第十四章　春《はる》遠《とお》からじ

一九九二年四月　ケンの墓前《ぼぜん》にて

リゾート会社が、事実上の撤退表明《てったいひょうめい》をした翌朝《よくあさ》、正一はケンの墓前《ぼぜん》で線香《せんこう》を供《そな》え、そっと掌《て》を合わせていた。

空は雲一つなく晴れ渡り、東の地平線上《ちへいせんじょう》に輝く陽光が、正一を黄金色《こがねいろ》に染《そ》めていた。

時折《ときおり》、雪解《ゆきど》け水を含んだ冷たい風が吹き抜けていく。顔を上げると遙《はる》か前方には、いつものように白雪《はくせつ》を被《かぶ》った鳥海山が聳《そび》えていた。

「ケン坊、今日はな、よい知らせを伝《つた》えにきたよ。開発事業が中止《ちゅうし》になったよ。鳥海山を守ることができたんだ。ケン坊に『親バカ』と言われるかも知れないが、どうしてもお父ちゃんには、あのとき、ケン坊がイヌワシに姿《すがた》を変えて現れてくれたと思えてならないんだよ」

両掌《りょうて》を合わせながら、正一は呟《つぶや》くように言った。

祈《いの》りに応《こた》えるかのように、一陣《いちじん》の突風《とっぷう》が正一のからだをさすっていった。

四月末のある朝、陽《ひ》の昇《のぼ》ったばかりの空がオレンジ色に燃える頃、正一と綾子は近所にある公園へ散歩に出かけていた。公園の池に集まる野鳥《やちょう》に餌《えさ》をあげにいくためだ。

「トー、トー、トー、トー。トー、トー、トー、トー」

公園の入口辺《あた》りから正一は、公園内にある大きな池に向かって水鳥《みずどり》の鳴き声を真似《まね》ていた。

水鳥に、正一が来たことを知らせるためだ。二人が池の畔《ほとり》に着いたときには水鳥が群《む》れをなして集まって来ていた。

ボエ〜、グエ〜、ガァ〜ガァ〜

羽《はね》を痛め、飛べなくなってしまった白鳥《ハクチョウ》の番《つがい》や雁《ガン》、白鷺《シラサギ》、オシドリ、アヒルや鴨《カモ》五〇羽ほどが、吸《す》い寄《よ》せられるように餌《えさ》を求め、集まってくる。

「トートートォ、トートートー」

もってきたビニール袋からパンくずを取り出した綾子は、池に向かって放《ほう》り投《な》げた。

すると、それに反応《はんのう》した水鳥が、餌《えさ》を目がけて突進《とっしん》してくる。

その光景は、まるで森の精霊《せいれい》が水鳥を呼び集めているかのようでもあった。

水面《みなも》を叩《たた》く水しぶきは、波紋《はもん》となって池一面に広がっていく。

奥の湿地《しっち》から近寄ってくるのは雁《ガン》と小鴨《コガモ》だ。餌を投げ与えていると、明らかに大きい雁が多くの餌にありつけている。水面に口だけ出してパクパクさせている鯉《コイ》も寄ってきた。雁の食《た》べ損《そこ》ねたパンくずが、鯉の口の中に吸い込まれていく。

大きな雁にほとんど餌をとられてしまい、小鴨はなかなか餌にありつけないでいる。

小鴨にいくら餌をあげても、雁に横取りされてしまう。どうにかありつけたとしても、おこぼれの小さな餌だけ。正一は、雁の傍《そば》にいる小鴨を引き離しにかかった。雁に餌を与える隙《すき》に、小さく千切《ちぎ》った餌を小鴨に投げ与えようとするが、雁につられて、ついて行ってしまう。少し離れたところで大きな餌を投げた隙に、小鴨の口元《くちもと》に狙《ねら》いをすまして餌を投げてやる。

グェー、グェー、グェー
突然、雄《おす》の雁《ガン》が水しぶきを立てながら、雌《めす》の雁を追いかけ回す。発情《はつじょう》する季節を迎えているのだろう。

餌がなくなったのがわかると、しきりに水鳥は水中に頭をつっこみ餌を探《さが》し始めた。水面や水中に浮遊《ふゆう》している餌の残りや藻《も》を採食《さいしょく》している。

正一と綾子は反対側に回り、湿地に行ってみることとした。

干上《ひあ》がった沼にススキの茎《くき》が空に向かってまっすぐに伸《の》びていた。

小道と湿地とを隔《へだ》てる竹垣《たけがき》の向こう側に正一はふと目をやった。すると泥の上に白い鯉の死骸《しがい》が打《う》ち捨《す》てられていた。死骸にはハエがたかり、生温《なまあたた》かい風にのった腐敗臭《ふはいしゅう》が鼻につんときた。そのとき、はっとして、正一は死骸から目が離せなくなっていた。えぐり取られた腹の身から掻《か》き分《わ》けるようにして、緑黄色《りょくおうしょく》の芽が顔を出していたのだ。ひとつの死から新しい〝いのち〟が芽吹《めぶ》いていたのだ。

すぐ目の前に、あるものがあるものを食し、育《はぐく》まれていく世界があった。

漆黒《しっこく》の宇宙から降りそそぐ陽光を浴びながら、数十億年の風雨に曝《さら》されつづけてきた〝いのち〟のサイクルがあった。

空を覆《おお》う雲から降り落ちる雨粒《あまつぶ》が、一筋の流れとなり岩石や大地を削《けず》り、やがて下流に行くに従《したが》って大河《たいが》となって海洋をつくり、魚介《ぎょかい》や草花、木々を育《はぐく》んできた。そこには打算《ださん》、強欲《ごうよく》など微塵《みじん》もない。あるのは、ありのままの自然の営《いとな》みだけ。

わかっていることは、あらゆる生き物が必ず大地に還《かえ》るということ。そこには強いものも弱いものもない。あるのは大自然の掟《おきて》だけ。死ねば、新たな〝いのち〟が生まれてくる。


「母さん、もう冬も終わりだね」

正一が綾子に呟《つぶや》くようにそう言うと、

「そうね、みーんな、いつか終わりがくるの。終われば、またやってくる……」と綾子がそっと優《やさ》しく答えてくれた。

二人は、再び元いた池の畔《ほとり》に戻ることにした。そこにはまだ採食《さいしょく》をつづけ、毛づくろいをしている水鳥たちがいた。

数十羽のオシドリが、何の合図《あいず》もなく、クッ、クッ、クッと声を揃《そろ》えて一斉《いっせい》に鳴き始めた。そして、次の瞬間には、朝陽《あさひ》の昇《のぼ》る東の空に向かって水音をたてながら飛び立っていった。光のなかで水がほとばしったあとには、いくつも同心円状《どうしんえんじょう》に広がっていく小波《さざなみ》だけが水面《みなも》に立っていた。

読者の皆様へ

本書は実話に基づいたフィクションです。登場する人物や団体等は実在のものと一切関係ありません。

本書は多くの子どもたちにも読んでもらい、夢と生きる希望をもってもらいたいという思いを込めて、総ルビに近いほど、漢字にルビをふりました。読みながら、一緒に漢字も覚えていただければうれしいです。

また、本書執筆にあたり、左記の文献を参考にさせていただきました。謹んで感謝の意を表します。

著者

参考文献

あんばいこう、『ビーグル海峡だ！』、女子パウロ会
池田拓、『南北アメリカ徒歩縦横断日記』、無明舎出版
池田昭二、『忘れがたい山』、無明舎出版
ドーン・ヒューブナー　上田勢子訳、『子どもの認知行動療法　1　イラスト版　だいじょうぶ　自分でできる心配の追いはらい方ワークブック』、明石書店
谷川健一／責任編集、『日本民俗文化資料集成　21　森の神の民俗誌』、三一書房
谷川健一／責任編集、『日本民俗文化資料集成　1　サンカとマタギ』、三一書房
高野潤、『アンデス家族』、理論社
エリザベス・B・ジェンキンズ　高野昌子訳、『精霊の呼び声　アンデスの道を求めて』、翔泳社
飯田史彦、『永遠の希望　エヴェレスト登山に学ぶ人生論』、PHP研究所
パブロ・アマリンゴ／語り　永武ひかる／構成・訳、『アマゾンの呪術師(シャーマン)』、地湧社
植村直己、『青春を山に賭けて』、文藝春秋
関野吉晴、『インカの末裔と暮らす　アンデス・ケロ村物語』、文英堂
ラインホルト・メスナー　横川文雄訳、『ナンガ・パルバート単独行』、山と渓谷社

KAIZOSHA

僕の大空 イヌワシになりたい

2011年9月13日 初版発行

著者……………………大空祥二

カバー絵・挿画……………山口まさよし

発行人……………………山田一志
発行所……………………株式会社海象社
郵便番号112-0012
東京都文京区大塚4-51-3-303
電話03-5977-8690 FAX03-5977-8691
http://www.kaizosha.co.jp
mail:info@kaizosha.co.jp
振替00170-1-90145

組版……………………［オルタ社会システム研究所］

装丁……………………株式会社クリエイティブ・コンセプト

印刷・製本………………シナノ書籍印刷株式会社

ISBN978-4-907717-30-8 C0093